진홍빛 연구

진홍빛 연구

초판 1쇄 발행 2020년 2월 29일
초판 10쇄 발행 2023년 10월 15일

지은이 아서 코난 도일
옮긴이 하소연
펴낸이 남기성

펴낸곳 주식회사 자화상
인쇄,제작 데이타링크
출판사등록 신고번호 제 2016-000312호
주소 서울특별시 마포구 월드컵북로 400 서울산업진흥원 201호(상암동)
대표전화 (070) 7555-9653
이메일 sung0278@naver.com

ISBN 979-11-90298-60-5 00840

진홍빛 연구

아서 코난 도일 지음
하소연 옮김

자화상

|차례|

— 제1부 —

전 육군 군의관 존 H. 왓슨 박사의 회상록

— 제2부 —

성자의 나라

제1부

전 육군 군의관
존 H. 왓슨 박사의 회상록

왓슨, 셜록 홈즈를 만나다

1878년 런던 대학에서 의학 박사 학위를 받은 나는 곧바로 군의관 자격을 따기 위해 네틀리 육군 병원에 들어갔다. 병원 연수 기간이 끝나자마자 나는 노섬버랜드 퓨질리어 제5연대의 군의보로 배속되었다. 그 당시 제5연대는 인도에 주둔 중이었는데, 내가 부임하기도 전에 제2차 아프간 전쟁이 발발한 상황이었다. 봄베이에 도착했을 때에야 내가 배속된 부대가 이미 적진 깊숙한 곳에 들어가 있다는 사실을 알게 되었다. 봄베이에는 나와 비슷한 처지의 장교들이 여럿 있었다. 나는 그들과 함께 우리 부대를 향해 떠났다. 다행히 우리는 칸다하르에 무사히 도착해 소속 부대로 갈 수 있었다. 나는 그곳에서 내게 주어진 임무를 충실히 수행했다.

그 전쟁으로 수많은 장병이 승진하기도 하고, 훈장을 받기도 했다. 그런데 그 전쟁은 유독 내게만은 불행과 재난을 선사했다. 나는 버크셔 연대로 전속된 뒤, 막대한 피해를 입었던 마이완드 전투에 참전했다. 그 전투에서 나는 어깨에 총탄을 맞는 부상을 당했다. 쇄골 아래 동맥을 아슬아슬하게 스치고 지나간 총탄은 내 어깨뼈를 으스러뜨렸다. 하지만 위기 상황 속에서도 당번병 머레이가 나를 말에 태우고 영국군 진지까지 데려다준 덕분에 목숨을 지킬 수 있었다. 만약 그가 결사적으로 구해주지 않았다면 나는 틀림없이 잔인한 회교도 병사들에게 잡혀 포로 신세가 되었을 것이다.

큰 부상과 오랫동안의 고생 때문에 내 몸은 완전히 쇠약해져 있었다. 그래서 나는 수많은 부상병과 함께 페샤와르에 있는 기지 병원으로 후송되었다. 병원에서 체력을 회복하여 병원 안을 돌아다니고 베란다에 나가 가볍게 일광욕을 할 수 있게 된 것까지는 좋았다. 그런데 생각지도 못했던 일이 벌어지고 말았다. 저주스럽기 그지없는 장티푸스에 걸리고 만 것이다. 몇 개월간 나는 사경을 헤매며 고통스러운 시간을 보내야 했다. 겨우 병에서 회복되었지만 내 몸은 이미 바짝 여위고 허약해져 있었다.

결국 나는 영국으로 향하는 오론테스호에 몸을 싣게 되었다. 한 달간의 지루한 항해 끝에 포츠머스 항구에 도착했을 때 내 건강은 돌이킬 수 없을 만큼 망가진 상태였다. 그러자 정부는 앞으로 9개월 동안 요양에 전념하면서 몸을 회복시키라는 명령을 내렸다.

영국에는 친구도 친척도 없었다. 나는 바람처럼 자유롭게 살았다. 정확히 말하자면 하루 지급액인 11실링 6펜스로 생활하는 한 자유의 몸이었다. 상황이 이렇다 보니 나라 안의 온갖 빈둥대는 놈팡이가 우글거리는 런던으로 내가 이끌려 들어간 것은 어쩌면 자연스러운 일이었다.

런던에 도착한 나는 스트랜드가에 있는 호텔에 묵으면서 주머니 속의 돈을 탈탈 털어가며 쓸쓸하고 무의미한 삶을 이어갔다. 하지만 돈은 금세 바닥을 드러내고 말았고 이내 나는 런던을 떠나 시골에서 생활하거나 생활 태도를 완전히 바꿔야 한다는 사실을 깨달았다. 고민 끝에 나는 후자를 선택했다. 호텔 생활을 청산하고 적은 비용으로 생활할 수 있는 값싼 집을 구하기로 했다.

그렇게 결심한 날의 일이었다. 크리테리언 술집 앞에서 있는데 누군가가 내 어깨를 두드렸다. 깜짝 놀라 뒤돌아보니 세인트 바솔로뮤 병원에서 내 수술 조수로 일했던 스탠포드였다. 황량한 런던에서 뜻하지 않게 아는 사람을 만난 것이다. 외톨박이였던 나는 무척 기뻤다. 스탠포드와 특별히 친하게 지냈던 것은 아니었는데도 환호성을 지를 정도로 그가 반가웠다.

그도 나를 만나서 기쁜 듯했다. 너무 기쁜 나머지 홀본 식당에서 점심을 먹자며 권했고 우리는 이륜마차를 타고 식당으로 향했다.

"왓슨 박사님, 그동안 무슨 일이 있었던 겁니까?"

마차가 복잡한 런던 거리를 달리기 시작하자, 스탠포드가 호기심 가득한 얼굴로 나를 살피며 물었다.

나는 그에게 그동안 내가 겪은 일들에 대해 간략하게 이야기해주었다. 하지만 식당에 닿을 때까지도 내 이야기는 끝나지 않았다.

"큰일을 겪으셨군요. 그럼 지금은 무슨 일을 하고 계십니까?"

불행했던 나의 이야기를 듣고 그는 진심으로 가엾다는 듯이 물었다.

"하숙집을 구하고 있다네. 적당한 비용으로 편안한 숙소를 얻으려고 알아보는 중이지."

"거참 희한한 일이군요. 오늘 이런 이야기를 두 번째로 듣습니다."

"그래? 처음 말한 사람은 누군가?"

내가 그의 말에 관심을 보이며 물었다.

"저희 병원의 화학실에서 일하는 사람입니다. 오늘 아침에 이야기를 나눴는데 그는 이미 하숙집을 구해놓은 상태였습니다. 그런데 혼자 쓰려고 보니 너무 비싸다며 함께 쓸 사람을 구했으면 하더군요."

"잘됐군! 그 사람이 같이 방을 쓸 사람을 구하고 있다면 바로 내가 적임자가 아니겠나? 나도 혼자 지내는 것보다는 누구랑 함께 지내기를 원한다네."

그러자 스탠포드가 자신의 포도주 잔 너머로 나를 쳐다보았다. 그런데 그 눈길이 뭐랄까 조금 묘한 기색을 띠었다.

"그건 박사님이 셜록 홈즈 씨를 잘 몰라서 하시는 말씀입니다. 그분과 함께 생활하게 되면 곤란을 겪게 될지도 몰라요."

"그 사람에게 무슨 문제라도 있나?"

"아니, 그런 뜻으로 한 말이 아니고요. 약간 괴상한 면이 있다는 게 좀 걸린다는 말이지요. 하지만 그가 점잖고 좋은 사람이라는 건 틀림없습니다. 특히 과학에 굉장한 열정이 있지요."

"의대 학생인가 보군?"

"아닙니다. 하지만 해부학 지식이 풍부하고, 화학자로서의 능력이 탁월하지요. 하지만 의학을 체계적으로 공부한 것 같지는 않았어요. 연구하는 것도 일정하지가 않고, 좀 이상한 것투성이예요. 그런데 교수들도 놀랄 정도로 신기한 지식을 많이 알고 있어요."

"대체 그는 목표가 무엇이라고 하던가?"

"저도 잘 모르겠습니다. 웬만해서는 자기 속내를 남에게 털어놓지 않거든요. 하지만 마음이 내킬 때는 놀랄 만큼 수다스러워지기도 한답니다."

이야기를 들을수록 나는 셜록 홈즈라는 인물이 궁금해졌다.

"그 사람을 만나보고 싶군. 나는 룸메이트가 학구적이고 조용한 사람이면 좋겠어. 지금은 내 몸이 쇠약한 상태라 소음이 심하고 자극적인 일들은 감당하기 힘들거든. 그렇게 흥분되는 일들은 이미 아프가니스탄에서 신물이 날 정도로 경험했으니까. 그나저나 그 사람을 만나려면 어떻게 해야 하나?"

"아마 지금 실험실에 있을 겁니다. 그는 며칠 동안 얼굴이 보이지 않는다 싶으면 아침부터 밤까지 실험실에 틀어박혀 있는, 그런 사람입니다. 괜찮으시다면 식사 후에 가보시겠습니까?"

"나야 좋지."

잠시 후 우리의 이야기는 다른 방향으로 흘러갔다. 홀본 식당을 나와 세인트 바솔로뮤 병원으로 향하는 동안 스탠포드는 내가 동거인으로 지목한 사람에 대해 몇 가지 이야기를 더 해주었다.

"그와의 사이가 틀어졌다고 해서 저를 원망하진 마세요. 제가 아는 그는 어쩌다 실험실에서 만나본 게 전부니까요. 오늘 이 일은 박사님께서 추진하신 것이니 제게 책임을 떠넘기면 안 된단 말입니다."

"같이 지내기 싫으면 헤어지면 그만이지."

나는 이렇게 대답한 뒤 스탠포드의 얼굴을 찬찬히 들여다보며 말했다.

"그런데 말이야. 자네가 자꾸 이 일에서 손을 떼려고 하는 데는 그만한 이유가 있는 것 같군. 혹시 그 친구 성격이 이상한가? 솔직히 말해보게."

"글쎄요. 말로는 표현하기가 힘들군요."

스탠포드가 웃으며 답했다.

"셜록 홈즈는 너무나 과학적인 데다 학구열이 지나치게 높습니다. 거의 냉혈한 수준이라고 할 수 있지요."

"설마!"

"그는 최근에 발견된 알칼로이드를 친구에게 살짝 먹

여볼지도 모를 사람입니다. 물론 악의가 있어서 그러는 것은 아니고, 확실한 연구 결과를 확인하고 싶다는 연구심 때문에요. 엄밀하게 말하자면 그는 자기 자신에게도 그 약물을 투약하기를 주저하지 않을 사람입니다. 그만큼 그는 정확하고 명확한 지식에 목말라 있습니다. 아주 대단하고 열정적인 사람이지요."

"하지만 그건 충분히 이해할 수 있는 일 아닌가?"

"물론 그렇지요. 하지만 문제는 그 정도가 너무 지나치다는 겁니다. 해부실에서 시체를 막대기로 두들기는 일은 기괴하다 못해 섬뜩하지 않습니까?"

"시체를 두들긴다고?"

"네. 시체에 얼마나 멍이 드는지 확인하기 위해서랍니다. 제 눈으로 그 장면을 똑똑히 목격했습니다."

"그런데 의대생은 아니란 말이지?"

"그렇습니다. 게다가 그의 연구 목적이 무엇인지는 아무도 몰라요. 아, 다 왔네요. 이제 그가 어떤 인물인지 직접 확인해보시죠."

우리는 좁은 골목을 지나 큰 병원의 부속 건물로 통하

는 작은 옆문으로 들어섰다. 나는 그런 곳에 익숙했기 때문에 별도의 안내는 필요 없었다. 우리는 을씨년스러운 검은 계단을 올라간 뒤 긴 복도를 지났다. 복도의 벽은 회색으로 칠해져 있었고 좌우에는 어두운 갈색 문들이 늘어서 있었다. 복도 끝에 가까워지자 화학 실험실로 이어지는 낮은 아치형 복도가 모습을 드러냈다.

천장이 높은 실험실은 생각보다 훌륭했다. 벽과 바닥에는 수많은 병이 즐비하게 늘어서 있었다. 낮고 넓은 실험대가 여기저기 있었으며 증류기와 시험관, 파란 불꽃이 타오르는 작은 분젠 가스램프들이 어지럽게 놓여 있었다.

실험실에는 한 사람밖에 없었는데, 그는 안쪽 실험대에 고개를 박고 자기 일에 몰두하고 있었다. 그때 우리의 발소리를 들은 그가 뒤를 돌아보더니 갑자기 환호성을 지르며 몸을 일으켜 세웠다.

"드디어 발견했다! 찾아냈어!" 하고 외치더니 스탠포드 쪽으로 달려왔다. 손에는 시험관을 쥐고 있었다.

"시약을 만들었네. 헤모글로빈에만 반응하는 시약일세."

설령 금광을 발견했다 한들 그만큼 기뻐했을까 싶을 정도로 그는 흥분한 상태였다.

"왓슨 박사님, 이쪽은 셜록 홈즈 씨입니다."

스탠포드가 우리 두 사람을 소개해주었다.

"안녕하십니까?"

홈즈는 다정한 목소리로 인사하며 내 손을 꼭 쥐었다.

"아프가니스탄에서 돌아오셨죠?"

"아니, 그걸 어떻게 아셨죠?"

홈즈의 말에 나는 깜짝 놀라며 물었다.

"아, 제 말에 신경 쓰실 것 없습니다."

홈즈가 껄껄 웃으며 말했다.

"중요한 건 헤모글로빈이니까요. 이 발견이 얼마나 중요한 것인지 아시겠습니까?"

"화학적으로는 틀림없이 흥미로운 발견이겠지요. 하지만 그게 실용적인 면에서는 과연 어떨지…."

내가 조심스럽게 말하자 홈즈가 발끈하며 말했다.

"모르시는 말씀! 법의학계에서 이처럼 실용적인 방법은 오랫동안 없었습니다. 이것으로 확실한 혈흔 테스트를 할 수 있을 겁니다. 자, 이리 와보세요."

홈즈는 성급히 내 프록코트 소매를 잡더니, 조금 전의 그 실험대 앞으로 끌고 갔다.

"신선한 피가 좀 필요한데."

홈즈는 가느다란 바늘로 자신의 손가락을 찌르더니, 배어나온 피 한 방울을 피펫에 넣었다.

"잘 보세요. 이제 이 소량의 피를 물 1리터와 섞어보겠습니다. 혼합액이 마치 순수한 물처럼 보이지 않습니까? 혼합 비율이 100만 분의 1보다 낮을 겁니다. 하지만 분명히 특정 반응이 나타날 것이니 두고 보시지요."

홈즈는 용기 속의 물에 하얀 결정체를 두어 개 넣었다. 그런 다음 투명한 액체를 몇 방울 떨어뜨렸다. 물은 곧 거무스름한 적갈색으로 변하더니, 유리관 바닥에 갈색 입자가 가라앉았다.

"아, 됐다. 됐어!"

홈즈는 마치 새로운 장난감을 얻은 아이처럼 손뼉을 치며 즐거워했다.

"어떻습니까?"

홈즈는 자랑스럽다는 듯이 고개를 쳐들며 물었다.

"굉장하지 않습니까? 기존의 방식은 다루기가 힘든 데다 조잡해서 검사 결과가 불확실했습니다. 특히 현미경검사는 피가 묻은 지 몇 시간만 지나도 정확성이 급격히 떨어졌습니다. 하지만 이 검사법은 오래된 피에서도 같은 반응을 보인다 이 말이지요. 만약 이 검사법이 조금만 더 일찍 발견되었다면, 지금 활개를 치며 돌아다니는 몇백 명의 범죄자가 교도소에 갇히는 신세가 되었을 겁니다."

"그렇군요."

나는 고개를 끄덕였다.

"범죄 사건의 문제는 늘 혈액 검사법에 있었습니다. 그래서 범죄가 일어나고 몇 달이 지난 후에 누군가를 용의자로 지목하는 경우도 심심치 않게 발생했지요. 예를 들어 용의자의 셔츠나 손수건 혹은 이불 따위에서 검붉은 얼룩이 발견되었다고 합시다. 그 얼룩은 핏자국일까요, 아니면 흙탕물 자국일까요? 그것도 아니면 녹물이나 과즙일까요? 수많은 수사관이 바로 이 문제를 해결하지 못해 골머리를 앓았습니다. 왜 그런지 아십니까?"

그는 내 얼굴을 빤히 쳐다보며 말을 이었다.

"바로 믿을 만한 검사법이 없었기 때문입니다. 하지만 이젠 걱정할 것 없습니다. 나 셜록 홈즈가 만들어낸 검사법이 있으니 말입니다."

이렇게 말하는 그의 눈은 반짝반짝 빛나고 있었고 들뜬 기색으로 자신의 가슴에 손을 대더니 박수갈채를 보내는 관중들에게 답례하듯이 인사를 해 보였다.

"축하드립니다."

나는 홈즈가 그토록 기뻐하는 모습에 놀라며 축하의 말을 던졌다.

"작년에 독일 프랑크푸르트에서 폰 비숍 사건이 발생했습니다. 만약 그때 이 검사법을 쓸 수만 있었다면 그는 분명히 교수형에 처해졌을 것입니다. 그뿐만 아닙니다. 브래드포드의 메이슨과 흉악범 뮬러, 몽펠리에의 르페브르와 뉴올리언스의 샘슨도 죗값을 치러야 했겠지요. 나는 이 검사법으로 유죄를 인정할 수 있는 사건을 스무 개도 더 알고 있습니다."

"역시 홈즈 씨는 걸어 다니는 범죄연감이로군요."

스탠포드가 웃으면서 말했다.

"그런 내용으로 신문을 만들어보는 건 어떻습니까? 신문 제목은 〈과거의 범죄 사건〉이라고 붙여서."

"분명 흥미로운 읽을거리가 되겠군요."

홈즈가 바늘로 찌른 손가락에 작은 반창고를 붙이면서 말했다.

"여기서는 독극물을 만지기 때문에 조심해야 해요."

홈즈는 나를 보며 씽긋 웃더니 자신의 손을 펴서 보여주었다. 그의 손에는 작은 반창고가 여기저기 붙어 있었고, 강한 산성 물질을 만진 탓인지 군데군데 피부가 변색되어 있었다.

"실은 드릴 말씀이 있어서 왔습니다."

스탠포드가 다리가 세 개인 높은 의자에 앉으며 말했다. 그는 내게도 의자 하나를 밀어주었다.

"여기 계신 왓슨 박사님이 하숙집을 구하고 계시다는 말을 들으니 홈즈 씨 생각이 나더군요. 지금 룸메이트를 찾고 계시지요?"

셜록 홈즈는 내 룸메이트 제의를 기분 좋게 받아들이

는 눈치였다.

"사실 베이커가에 우리에게 딱 맞는 하숙집이 있거든요. 그런데 혹시 독한 담배 연기를 싫어하시나요?"

"그럴 리가요. 저 역시 해군 담배를 항상 피우는걸요."

내 말에 홈즈가 껄껄 웃으며 말했다.

"아주 좋습니다. 그런데 나는 항상 화학 약품을 가까이 하는 데다 이따금 집에서 실험하기도 합니다. 그것도 괜찮습니까?"

"전혀 상관없습니다."

"그럼 어디 보자. 참 나는 가끔 우울증에 빠지곤 합니다. 그럴 때면 며칠 동안 입을 열지 않습니다. 그럴 때 내가 당신에게 화가 나서 그런 거라고 생각하지 마십시오. 그저 내 기분이 처져 있을 뿐이니 말입니다. 그냥 내버려두면 다시 괜찮아지니까요."

내가 고개를 끄덕이자 홈즈가 나를 응시하며 말했다.

"이제 왓슨 박사님이 고백할 차례군요. 같이 살기 전에 서로의 단점이나 특징을 알아두는 것이 좋을 것 같습니다."

질문을 돌려받고 나는 웃음을 터뜨렸다.

"난 새끼 불독을 한 마리 키우고 있습니다. 또 요즘은 몸이 쇠약해진 데다 신경이 날카로워진 탓에 시끄러운 걸 견디지 못합니다. 그리고 일어나는 시간이 일정치 않고 매우 게으른 편입니다. 몸이 건강할 땐 나쁜 습관이 더 많았지만, 지금은 이 정도입니다."

"혹시 당신이 말한 시끄러운 소리에 바이올린 소리도 포함됩니까?"

홈즈가 걱정스럽다는 듯이 물었다.

"그건 아무래도 연주자에 따라 다르겠지요. 훌륭한 연주는 신을 향한 합창 소리겠지만 서투른 연주는…."

홈즈는 알겠다는 듯이 웃었다.

"아, 그럼 됐어요. 이걸로 얘기는 끝난 거지요? 하숙집이 마음에 드는가 하는 문제만 남았군요."

홈즈가 밝은 표정으로 말했다.

"언제 하숙집을 보러 갈까요?"

"내일 1시에 여기로 와주세요. 둘이 가서 보고 결정하기로 하지요."

"알겠습니다. 그럼 내일 정오에 다시 뵙지요."

나는 홈즈와 악수했다. 셜록 홈즈는 다시 실험에 몰두했다. 스탠포드와 나는 그를 혼자 남겨둔 채 실험실 밖으로 나왔다. 그리고 내가 머무는 호텔을 향해서 함께 걸었다.

"그런데 말이야."

나는 갑자기 걸음을 멈추고 스탠포드를 향해 돌아서며 물었다.

"대체 그는 내가 아프가니스탄에서 돌아왔다는 사실을 어떻게 알았을까?"

스탠포드가 알 수 없는 웃음을 지으며 대답했다.

"바로 그게 그 사람의 유별난 점이지요. 박사님뿐만 아니라 많은 사람이 알고 싶어 하는 부분이 바로 그 점입니다."

"그래? 아무도 모른단 말이지? 재미있겠군. 그를 소개해줘서 고맙네. '인류를 제대로 연구하려면 사람을 연구해야 한다.'라는 말도 있지 않은가."

"그렇다면 이제 그 사람을 연구해보시지요."

스탠포드가 내게 작별 인사를 하며 말했다.

"하지만 그 문제는 그리 호락호락 풀리지 않을 겁니다. 장담하지요. 박사님이 그에 대해 알아내는 것보다 그 친구가 박사님에 대해 알아내는 것이 더 많을 겁니다. 그럼 안녕히."

"잘 가게."

나는 새로 만난 친구 셜록 홈즈에게 흥미를 느끼면서 호텔까지 천천히 걸어갔다.

추리학

다음 날 나는 실험실에서 홈즈와 만나, 그가 말했던 베이커가 221B번지의 집을 둘러보았다. 하숙집은 아늑해 보이는 침실 두 개와 햇빛이 잘 들고 바람이 잘 통하는 거실로 구성되어 있었다. 거실에는 편안한 느낌을 주는 가구들이 놓여 있었으며, 커다란 창이 두 개 나 있었다. 하숙집치고는 더할 나위 없이 좋은 곳이었다. 방세도 두 사람이 나누어서 낸다면 나름대로 적당한 가격이었다. 우리는 그 자리에서 함께 살기로 결정하고 바로 계약했다. 나는 그날 저녁이 되기도 전에 호텔에서 짐을 옮겨 왔고 셜록 홈즈도 다음 날 상자 몇 개와 여행 가방 몇 개를 옮겨 왔다.

우리는 대략 이틀 동안 짐을 풀고 정리하느라 바빴다. 함께 살아보니 홈즈는 결코 같이 살기에 어려운 사람이 아니었다. 그는 조용한 사람이고 규칙적인 생활을 했다. 밤 10시 이후까지 깨어 있는 경우는 거의 없었으며, 언제나 나보다 먼저 일어나 식사하고 출근했다.

대부분 화학 실험실이나 해부실에서 하루를 보내지만, 때로는 멀리 빈민가에까지 산책을 나가기도 했다. 그는 일단 연구열에 휩싸이게 되면 굉장히 열중하는 모습을 보였다. 그 어떠한 것도 그 열의를 막을 수는 없었다. 하지만 어느 순간 무기력함이 밀려들면 하루 종일 소파에 누워 손가락 하나 까딱하지 않았다. 그럴 때면 말수가 줄고 그의 눈에서는 꿈꾸는 듯한 공허함이 떠올랐다. 그의 생활이 얼마나 규칙적이고 절제되어 있는지 모르는 사람이라면 '마약에 취해 있는 것이 아닐까?' 하고 의심할 정도로 무기력한 모습이다.

시간이 지날수록 나는 더욱더 홈즈에게 끌리고 궁금증이 일었다. 도대체 그는 어떤 인물인지, 삶의 목표는 무엇인지 알고 싶어졌다. 홈즈에게는 타인에게 별 관심이 없는 사람이라도 관심을 갖게 하는 매력이 있었다. 그의 신장은 180센티미터가 족히 넘었는데, 너무 말랐기 때문에 실제로는 그보다 훨씬 더 커 보였다. 눈은 조금 전에 말했던 무기력한 상태를 제외하면 사람을 꿰뚫듯이 날카로웠다. 또 가느다란 매부리코는 그를 더욱 기민하고 단호한 인물로 보이게 했다. 각지고 돌출된 턱 역시 그가 매우 결단력 있는 사람이라는 인상을 주었다. 그의 두 손은 항상 잉크와 화학 약품 따위로 얼룩져 있었지만 바이올린 연주를 능숙히 해낼 정도로 섬세한 감각을 지니고 있었다.

날이 갈수록 홈즈에 대한 나의 호기심은 커져만 갔다. 하지만 홈즈는 자신과 관련된 일에 대해서는 조금도 말하려 들지 않았다. 그렇다고 포기할 내가 아니었다. 나는 그의 입을 열기 위해 상당한 공을 들였다. 이렇게 말하면 독자들은 왜 남의 일에 참견이냐며 나를 이상하게 생각할지도 모르겠다. 하지만 그렇게 생각하기 전에, 당시 나의 상황을 이해해주기 바란다. 그 무렵 나는 아무런 목적도 없이 살아가고 있었다. 내 흥미를 자극하는 것 또한 전혀 없었다. 불행히도 건강이 매우 나빴기 때문에 날씨가 아주 좋은 날이 아니면 외출은 꿈도 꾸지 못했다. 게다가 이따금씩 나를 찾아와 단조로운 내 생활을 환기시켜줄 만한 친구도 없었다.

그런 상황이었기에 나는 함께 생활하는 사람이 풍기는 자그마한 수수께끼에도 환호하며 그것을 알아내는 데 대부분의 시간을 할애했던 것이다.

홈즈는 의학을 공부하지는 않았다. 이 사실을 스탠포드에게서 듣고 나는 홈즈에게 직접 확인했다. 그는 본격적으로 공부해서 과학 학위를 받으려는 것 같지는 않았다. 학자가 되기 위해 공부하는 것 같지도 않았다. 그럼에도 어떤 분야에 바치는 그의 열정에는 놀라지 않을 수 없었다. 분야가 한정적이기는 했지만, 홈즈의 학식은 놀랄 만큼 풍부하고 정확했다. 아무 책이나 마구 읽는다고 해서 정확한 지식을 얻을 수 있는 것은 아니다.

그런데 홈즈를 관찰하던 중 놀랍고도 재미있는 사실을 알게 되었다. 이토록 뛰어난 그가 사실은 대단히 무지하다는 것이었다. 그에게 사상가 토마스 칼라일의 말을 인용했던 적이 있는데, 홈즈는 순진한 표정을 지으며 그가 누구이고 무슨 일을 했느냐고 내게 물었다. 가장 놀랐던 때는 코페르니쿠스의 지동설과 태양계의 구성에 대해서 아무것도 모른다는 사실을 우연히 알게 되었을 때다. 19세기를 살아가고 있는 문명인이 지구가 태양을 공전하고 있다는 사실을 모르다니 나는 도저히 믿을 수가 없었다.

놀라서 굳은 내게 홈즈가 싱글거리며 말했다.

"놀란 모양이군. 그 사실을 알았으니 이제는 어떻게 해서라도 잊어야겠군."

"대체 그게 무슨 소린가?"

나는 홈즈의 말이 도통 이해가 되지 않았다. 홈즈가 미소를 지으며 말했다.

"내 말을 잘 들어보게. 사람의 뇌는 원래 텅 빈 다락방과도 같다네. 그곳에는 자기가 원하는 가구만 채워 넣어야 해. 그곳에 쓸데없는 잡동사니를 닥치는 대로 집어넣는 사람들은 어리석은 인간들이지."

"그건 왜 그런가?"

"그렇게 하다가는 쓸모 있는 지식들이 자리를 잃고 밀려나기 때문이야. 게다가 꼭 필요한 지식들까지 제때 꺼내 쓰기 힘들어진다네. 그래서 고수들은 머릿속 다락방에 물건을 넣어둘 때 대단히 주의를 기울이지. 자기한테 필요한 도구 외에 다른 것은 가지고 있지 않네. 그리고 제때 사용하기 편리하도록 도구들을 가지런히 정리해두지."

"처음 듣는 이야기로군."

"그런데 이때 순서대로 잘 넣어야 해. 조그만 다락방이 무한정 늘어날 거라고 생각하는 건 오산이야. 새로운 지식을 집어넣을 때마다 기존 지식을 잊어버리는 일이 발생한단 말일세. 그렇기 때문에 쓸데없는 지식이 유용한 지식을 밀어내지 않도록 주의해야 해."

"하지만 태양계 같은 지식은…."

"그게 나한테 무슨 소용이 있단 말인가?"

홈즈는 답답하다는 듯이 내 말을 잘라버렸다.

"이해하지 못하겠나? 지구가 태양을 돌든, 지구가 달을 돌든 내가 하는 일과는 전혀 상관이 없단 말일세."

그 순간 나는 홈즈에게 자네가 하는 일이 무어냐고 되묻고 싶었지만 그의 태도는 내 질문을 전혀 반길 것 같지 않았다. 그래서 나는 우리가 나누었던 짧은 대화를 떠올리며 여러 상황을 추측해보았다. 우선 홈즈는 자신의 목적과 관계없는 지식은 습득할 필요가 없다고 말했다. 그 말은 곧 그가 쌓은 지식은 모두 그에게 유용한 것이라는 뜻이다. 나는 그가 통달하고 있는 분야가 무엇인지 생각해 종이에 적었다. 그렇게 '셜록 홈즈 학식표'를 작성해나갔다.

| 셜록 홈즈 학식표 |

1. 문학에 관한 지식 – 없음.
2. 철학에 관한 지식 – 없음.
3. 천문학에 관한 지식 – 없음.
4. 정치학에 관한 지식 – 없음.
5. 식물학에 관한 지식 – 한쪽으로 치우쳐 있음. 벨라도나 아편 같은 독약은 박식하지만, 일반적인 원예에는 무지함.
6. 지질학에 관한 지식 – 실용적인 지식은 있지만, 한계가 있음. 한눈에 토양의 차이점을 알아봄. 산책에서 돌아온 그가 바지에 묻은 진흙을 내게 보이며 색과 점성 등으로 보아 런던의 어느 곳에서 튄 것이라는 사실을 말한 적이 있음.
7. 화학에 관한 지식 – 깊음.

8. 해부학에 관한 지식 – 정확하지만 체계적인 지식은 아님.
9. 대사건에 관한 지식 – 매우 자세하게 알고 있음.
10. 바이올린을 잘 켬.
11. 봉술, 권투, 검술에 뛰어남.
12. 영국 법률의 실용적인 지식이 많음.

여기까지 막힘없이 작성하고 나도 모르게 웃음을 터뜨렸다. 그리고 종이를 불 속에 던져버렸다.

"이따위 것을 적는다고 셜록 홈즈를 안다고 할 수 있겠어?"

한편 앞서 언급한 것처럼 홈즈의 바이올린 연주 실력은 매우 뛰어났다. 다만 그의 다른 재능들처럼 묘한 구석이 있었다. 그는 내 요청에 따라 멘델스존의 가곡이며 그 밖의 꽤나 어려운 명곡 등을 곧잘 연주했다. 하지만 그 혼자 있을 때는 연주는커녕 악보를 펼 생각도 없어 보였다.

밤이 되면 그는 안락의자에 기대 앉아 바이올린을 무릎 위에 올려놓고는 눈을 감은 채 활을 그었다. 어떤 날에는 낭랑한 곡조가, 어느 날에는 슬픈 곡조가, 또 다른 날에는 환상적이고 즐거운 곡조가 흘러나왔다. 그 곡조는 모두 바로 그 순간의 셜록 홈즈의 생각을 드러낸 것이었다. 하지만 음악이 그의 생각에 도움을 주는 용도인지, 단순히 기분 전환 용도인지는 판단하기 힘들었다. 사실 내가 종잡을 수 없는 그의 연주를 견딘 이유는 따로 있었다. 내 인내심에 대한 보상이었는지, 홈즈는 자신만의 독주를 끝내고 나면 항상 내가 좋아하는 곡을 연달아 들려주었다. 만약 그런 보상이 없었다면 나는 틀림없이 그의 바이올린 연주 취미에 불만을 토로했을지 모른다.

홈즈와 함께 지낸 첫 주 동안, 그를 방문하는 사람은 없었다. 그래서 나는 홈즈 역시 나처럼 변변한 친구 하나 없는 사람인 줄 알았다. 하지만 얼마 지나지 않아 내 생각이 틀렸음을 알게 되었다. 그에게는 각계각층의 지인이 있었다.

오전 중에 최근 유행하는 옷을 입은 젊은 아가씨가 찾아와 30분 정도 이야기를 하고 갔는가 싶더니, 오후에는 유태인 사내가 홈즈를 방문했다. 초라해 보이는 그 사내는 매우 흥분한 상태였다. 바로 그 뒤를 이어서 단정하지 못한 차림의 노파가 찾아왔다. 또 어느 날은 백발의 노신사가 홈즈를 만나게 해달라며 찾아왔다. 그리고 벨벳으로 만든 제복에 붉은 모자를 쓴 철도청 직원이 찾아온 적도 있었다. 그중에는 혈색이 좋지 않고 쥐처럼 생긴, 눈이 조그만 사람이 있었는데 나중에 소개를 받아 이름이 레스트레이드라는 걸 알게 되었다. 그 사람은 일주일에 서너 번이나 홈즈를 찾아왔다.

이런 종잡을 수 없는 손님이 찾아올 때마다 홈즈는 거실을 좀 쓰고 싶다고 청해왔기 때문에, 나는 내 방으로 들어갈 수밖에 없었다.

"불편하게 만들어서 미안하네. 여기를 찾아오는 사람들은 내 의뢰인들이라네."

홈즈가 미안한 표정을 지으며 내게 말했다. 사실은 이때가 바로 그에게 직업이 무엇이냐고 물어볼 기회였지만, 사과를 받아주는 구실로 비밀을 밝히고 싶지는 않았기 때문에 그대로 물러섰다. 당시에는 뭔가 사정이 있어서 직업을 밝히지 않는 것이라고 생각했지만 그로부터 얼마 지나지 않아서 홈즈가 먼저 직업에 관한 이야기를 꺼냈기 때문에 특별한 사정이 있던 것은 아님을 알았다.

그날은 3월 4일이었다. 내가 그 날짜를 기억하는 데에는 그만한 이유가 있었다. 그날 나는 평소보다 조금 일찍 일어났는데, 홈즈는 벌써 아침 식사 중이었다. 하숙집 주인아주머니는 내가 늦게 일어난다는 사실을 잘 알고 있었기 때문에 아침 식사뿐만 아니라 커피조차 가져다 놓지 않은 상태였다. 나는 괜히 짜증이 나서 벨을 울리며 퉁명스럽게 말했다.

"어서 아침 식사를 준비해주세요."

홈즈는 아무런 말도 없이 토스트를 먹고 있었다. 난 식사가 준비될 동안 시간을 보낼 생각으로 탁자 위에 놓여 있는 잡지를 펼쳤다. 여러 기사 중에서 유독 제목에 밑줄이 쳐진 기사에 눈이 가서 나도 모르게 읽기 시작했다.

'인생 교본'이라는 좀 과장스러운 제목의 기사였다. 관찰력이 뛰어난 사람은 어떤 분야에서나 정확하고 체계적으로 연구할 수 있기 때문에 훌륭한 업적을 올릴 수 있다는 내용이었다. 나는 그 내용이 기발하기는 하지만 합리적이지 못한 아이디어들을 묘하게 섞어놓은 것처럼 보였다. 추론 과정은 치밀하고 논리적인 듯하지만 결론이 터무니없이 과장되어 보였다. 필자는 사람의 얼굴에 잠깐 스치고 지나가는 표정, 근육의 떨림, 순간적인 눈길 등의 움직임만으로 사람의 속마음을 꿰뚫어볼 수 있다고 주장했다. 즉 그에 따르면 관찰과 분석에 능통한 사람은 절대로 속일 수 없다는 것이다. 그는 자신이 내린 결론은 옛 그리스의 수학자 유클리드의 정리처럼 확실한 것이라고 강조했다. 그리고 이 결론에 도달하는 과정을 경험하지 못한 사람들은 너무도 놀란 나머지 자신을 마법사로 생각할지도 모른다고 했다. 기사를 일부 옮기면 다음과 같다.

논리적인 사람은 한 방울의 물만으로도 태평양이나 나이아가라의 폭포를 추측해낼 수 있다. 심지어 그것들을 보거나 듣지 않고도 말이다. 마찬가지로 인생이라는 하나의 거대한 사슬은 그 사슬의 일부인 고리 하나만 보고서도 그 본성을 알 수 있다. 다른 학문이나 기술처럼 추리 분석학은 오랜 시간 끈질긴 노력과 연구를 해야만 익힐 수 있다. 하지만 인생은 그 과정을 모두 접할 수 있을 만큼 길지 않다. 특히 탐구자는 가장 어렵다 할 수 있는 정신적·도덕적 측면에 신경 쓰기보다는 기초적인 문제부터 통달하는 것이 중요하다. 일단 타인을 만날 때는 그 사람의 경력과 직업을 첫눈에 알아보는 훈련을 해야 한다. 이러한 훈련이 무의미하게 여겨질 수도 있지만 그 과정을 통해 관찰력을 기를 수 있다. 또 어디를 보아야 하는지, 무엇을 찾아야 할지를 알 수 있게 된다. 상대방의 손톱, 소매 끝단, 구두, 바지의 무릎, 엄지손가락과 집게손가락에 박힌 굳은살, 표정, 커프스 등을 유심히 살펴보면 그의 직업을 쉽고 정확하게 알아낼 수 있다. 뛰어난 관찰자라면 이런 정보들로 추리에 실패하는 일은 결코 없을 것이다.

"세상에, 말도 안 되는 소리를 잘도 늘어놓는군."

나는 잡지를 테이블 위로 내던졌다.

"왜 그래?"

홈즈가 물었다. 식탁의 의자에 앉은 나는 손가락으로

잡지를 가리키며 말했다.

"이 기사 말이야. 밑줄로 표시해놓은 걸 보니 자네도 읽은 듯하군. 나름대로 논리적으로 쓴 글인 건 맞네만 읽고 있자니 화가 나서 원. 틀림없이 할 일 없는 사람이 서재에 편안하게 앉아서 꾸며낸 글일 거야. 실용적인 면이 전혀 없지 않은가. 이 글을 쓴 사람을 지하철 삼등칸에 태우고 승객들의 직업을 일일이 맞혀보라고 하고 싶군. 만약 내기 돈을 건다면 맞히지 못하는 쪽에 걸겠네."

홈즈가 침착한 목소리로 말했다.

"그러면 자네는 돈을 다 잃고 말걸."

"그게 무슨 소린가?"

"그 기사는 바로 내가 썼다네."

"자네가?"

나는 깜짝 놀란 나머지 말문이 막혀버렸다.

"나는 관찰과 추리, 모두에 자신이 있어. 자네는 이 이론을 터무니없는 것으로 여기지만, 사실은 대단히 실용적이라네. 그걸로 내가 먹고산다면 이해할 수 있겠나?"

홈즈의 말이 끝나기가 무섭게 내가 물었다.

"도대체 어떻게?"

"사실은 내게도 직업이 있다네. 아마 이런 직업을 가진 사람은 이 세상에 나밖에 없을 거야. 나는 자문 탐정이라네. 런던에는 형사도 많지만 사립탐정도 많아. 이 사람들은 사건 해결에 실패하면 나를 찾아오지."

"그동안 자네를 찾아오던 사람들이 그럼 모두?"

"맞아. 나는 그들이 올바른 단서를 찾을 수 있도록 도움을 준다네. 일단 사건 자료를 모두 넘겨받으면 내가 범죄 지식을 총동원해 올바른 방향으로 추리를 발전시켜주지. 놀랍게도 범죄에는 아주 강력한 유사성이 있다네. 그래서 1,000가지 범죄를 속속들이 알고 있다면 1,001번째 범죄의 비밀을 쉽게 풀어낼 수 있어."

"그런데 레스트레이드 씨는 유명한 형사가 아닌가?"

"그 사람 역시, 최근 수사 중인 위조 화폐 사건이 미궁에 빠지자 내게 도움을 청하러 온 거야."

"그러면 다른 사람들은?"

"그들은 주로 사설 기관의 소개를 받아서 온 사람들로, 대부분 곤란한 일에 휘말려 내 조언을 구하러 온 거네. 그 사람들의 이야기를 듣고 조언을 해주면 그들은 내 설명을 듣고 상담료를 지불하지."

"자네 말대로라면 방에서 한 걸음도 밖으로 나가지 않은 자네가, 모든 일을 직접 경험하고서도 해결하지 못해서 사람들이 사건을 들고 오면 실마리를 풀어준단 말인가?"

내가 이해가 가지 않는다는 표정으로 말하자 홈즈가 미소를 지으며 말했다.

"물론이야. 나는 직관력이 뛰어나서 간단한 사건은 듣기만 해도 해결할 수 있어. 하지만 복잡한 사건이 들어올 때는 직접 내 눈으로 확인하기 위해 현장으로 나가기도 한다네. 알다시피 나는 여러 종류의 문제를 해결할 수 있는 지식이 풍부하지. 자네는 비웃었지만 이 잡지에 실린 추리법도 실질적인 작업에서는 굉장히 요긴하게 쓰인다네. 내게 관찰은 제2의 천성과 같은 것이지."

홈즈는 내 얼굴을 빤히 보더니 빙그레 웃으며 이어 말했다.

"우리가 처음 만났을 때 내가 자네에게 아프가니스탄에서 왔느냐고 물었지? 자네는 꽤나 놀란 것 같았는데."

"누군가에게 이야기를 들었겠지."

나는 홈즈의 말에 곧바로 반박하자 그가 말했다.

“전혀 그렇지 않아. 자네를 본 순간 아프가니스탄에서 왔다는 사실을 알았다네. 오랜 습관 탓인지 나는 수많은 생각을 한꺼번에 해버리지. 중간 단계를 의식하지 못하고 바로 결론에 도달해버린단 말일세. 그렇다고 중간 단계가 없었다는 말은 아니네.”

“좀 자세히 설명해주게.”

“자네를 보고 처음으로 떠올린 생각은 바로 ‘군인 냄새가 나는 의사’였네. 그렇다면 군의관이 틀림없겠지. 얼굴이 검게 그을린 것으로 봐서 최근에 열대 지방에서 귀국했다는 걸 알 수 있었어.”

“원래부터 얼굴이 검을 수도 있지 않은가?”

내 말에 홈즈는 빙그레 웃었다.

“자네 손목이 흰 걸 보면 피부가 원래부터 검은 건 아님을 알 수 있지. 얼굴이 수척한 건 고생을 많이 하고 병에 시달렸기 때문이야. 또 왼팔을 다쳤다는 것도 알 수 있었어. 왼팔의 움직임이 부자연스럽고 뻣뻣했으니까.”

“관찰력이 대단하군.”

"그렇다면 군의관이 고생을 심하게 하고 팔에 부상을 당할 만한 열대 지방이 어디일까? 당연히 아프가니스탄이지. 이 결론을 얻기까지 채 1초도 걸리지 않았다네. 그래서 자네에게 아프가니스탄에서 오지 않았느냐고 물었던 것이고, 자네는 내 말에 깜짝 놀랄 수밖에 없었겠지."

"설명을 듣고 보니 정말 간단하군."

나는 미소를 지으며 이어 말했다.

"자네의 설명을 듣고 보니 애드거 앨런 포의 소설 속 탐정 뒤팽이 생각나는군. 그런 인물이 소설 밖의 세상에 존재할 거라곤 생각도 못했어."

홈즈는 자리에서 일어나 파이프에 불을 붙였다.

"자네는 나를 칭찬할 생각으로 뒤팽과 비교했겠지만 그는 나에 비해 수준이 낮은 탐정에 불과해."

홈즈는 천천히 담배 한 모금을 빨아들이고는 이어 말했다.

"15분 동안 침묵을 지키다 갑자기 그럴듯한 말로 친구들의 생각을 방해하는 건 천박한 자기 과시에 지나지 않아. 물론 그가 천재적인 분석능력을 가졌다는 사실은 인정하네. 하지만 그는 포가 의도했던 것만큼 대단하고 비범한 인물은 아니었어."

"그럼 에밀 가보리오(프랑스의 추리 소설가)의 작품을 읽어본 적이 있나? 자네가 보기에 그 작품 속 르콕은 자네가 말하는 탐정에 어울릴 만한 사람인가?"

홈즈는 차가운 표정으로 코웃음을 치며 대답했다.

"그는 형편없는 인물이야. 그에게서 건질 것이라곤 넘치는 의욕뿐이지. 나는 그 소설을 읽고 속이 뒤집히는 것 같았네. 문제는 죄수들 중에서 어떻게 범인을 밝혀내느냐는 것이었어. 나였다면 24시간 이내에 범인을 찾아냈을 걸세. 하지만 르콕은 무려 6개월이나 걸렸어. 그 소설은 탐정이 절대로 해서는 안 될 일을 나열한 교본으로나 써야 할걸."

좋아하는 소설 속 인물 둘을 깎아내린 그에게 화가 난 나는 창가로 가서 밖을 내다보며 머리를 식혔다. 많은 사람이 오가고 있는 거리를 바라보며 속으로 투덜댔다.

'머리는 좋을지 모르지만 자만심이 꽤나 지나치군.'

내 마음을 아는지 모르는지 홈즈는 계속해서 한탄했다.

"요즘엔 범죄다운 범죄도 없고, 범인다운 범죄자도 없

어. 내가 이름을 떨칠 만큼 대단한 두뇌를 가졌으면 뭘 하나? 범죄 수사에서 나만큼 소질이 있는 사람도, 나만큼 연구를 오래한 사람도 없는데 지금 상황은 어떠한가? 내가 나서서 수사할 만한 범죄가 없는 것은 물론이거니와, 런던 경찰국의 형사도 쉽게 알 만한 서투른 범죄밖에 없으니."

홈즈의 오만한 말투에 더욱 화가 치민 나는 차라리 화제를 바꾸는 편이 낫겠다고 생각했다.

"그런데 저 사람은 뭘 찾고 있는 거지?"

건너편 길을 걸어가고 있는 다부진 체격의 키 큰 사람을 가리키며 물었다. 평범한 옷을 입은 그 사내는 자꾸만 길가 주택들의 번지를 확인하고 있었는데, 손에 크고 파란 봉투를 들고 있었다.

"아, 저 퇴역한 해병대 하사관 말인가?"

'이 친구, 또 허풍을 떠는군.'

나는 내가 확인할 수 없는 사실이기 때문에 홈즈가 마음대로 떠들고 있다고 생각했다.

바로 그때였다. 우리가 내려다보던 그 사내가 우리 집 번지를 보더니 급히 길을 건넜다. 그리고 이내 아래층에서 문 두드리는 소리가 나는가 싶더니 굵은 목소리가 들려왔고, 곧 계단을 올라오는 무거운 발소리가 들렸다.

"셜록 홈즈 씨지요? 여기요."

방 안으로 들어온 사내가 홈즈에게 편지를 건넸다. 잘난 척하는 홈즈를 혼내줄 절호의 기회였다. 조금 전에 적당히 둘러댈 때는 이런 때가 오리라고는 상상도 못했겠지. 나는 일부러 아주 정중하게 물었다.

"실례지만 직업을 물어도 될까요?"

"제대 군인 조합 소속의 심부름꾼입니다. 제복은 수선집에 맡겨놓았고요."

사내는 무뚝뚝한 말투로 답했다. 나는 홈즈의 눈치를 슬쩍 본 뒤에 다시 물었다.

"그럼 전에는 무슨 일을 했습니까?"

"영국해병대 보병 부대 하사관이었습니다. 답장이 없으시면 이만 돌아가겠습니다."

사내는 두 발을 소리 내어 붙이더니 거수경례를 하고 방을 나갔다.

로리스턴 살인 사건

솔직히 홈즈의 추리가 실제로 맞아떨어져서 내심 놀랐다. 그의 분석력은 진정으로 존경할 만한 것이었다. 그래도 마음 한구석에는 의문이 남아 있었다. 혹시 나를 감탄하게 만들려고 홈즈가 이 모든 일을 사전에 계획했을 수도 있다는 생각이 들었기 때문이다. 물론 그가 내게 그런 짓을 할 만한 이유는 알 수 없었다. 이런 생각 끝에 나는 홈즈를 쳐다보았다. 그런데 편지를 다 읽은 그의 눈빛은 이상하게도 흐리고 멍한 상태였다.

"도대체 어떻게 알아낸 건가?"

내 물음에 홈즈가 짜증 섞인 목소리로 답했다.

"뭘 말인가?"

"아까 그 사내가 퇴역한 해병대 하사관이라는 사실 말일세."

"지금은 그런 하찮은 문제에 답할 시간이 없네."

홈즈는 쌀쌀맞게 대답하더니, 곧 미소를 지으며 말했다.

"아, 미안, 미안, 지금 자네가 내 생각의 고리를 끊어놓았기 때문에 화가 나서 그런 거라네."

내가 미안해하는 표정을 짓자 홈즈가 고개를 저으며 말했다.

"하지만 이제 괜찮네. 그런데 자네는 정말로 그 사내가 해병대 하사관이었다는 사실을 몰랐단 말인가?"

"전혀 몰랐네."

"나는 바로 알 수 있었지만, 설명을 하자니 조금 어려운걸. 2 더하기 2가 4라는 사실을 증명해보라고 하면, 자네도 조금 난처해지지 않겠나. 가령 정답을 알고 있다손 치더라도 말이야. 흠, 그 사내는 길 건너편에 있었지만, 손등에 크고 파란 닻 문신이 새겨져 있는 것이 보였다네. 닻 하면 바다 아닌가? 그리고 행동에 군인다운 면이 있었고,

군인들에게서 흔히 볼 수 있는 구레나룻도 기르고 있었네. 그래서 해병대라는 결론을 내렸지. 또 어딘지 모르게 거만한 구석이 있었고, 사람들에게 명령하는 위치에 있었던 듯한 모습도 보였다네. 등을 곧게 펴는 모습이나 지팡이를 휘두르는 모습을 봤겠지? 차분하고 멋진 중년이라는 느낌이 얼굴 표정에도 드러났네. 이런 사실들을 바탕으로 계급은 하사관이었으리라고 생각한 거지."

"정말 대단하군!"

나는 나도 모르게 커다란 목소리로 말했다.

"별것도 아닌 걸 가지고."

홈즈는 이렇게 말했지만, 내가 찬탄하는 모습을 보고 흡족해하는 것 같았다.

"방금 나는 범죄자 같은 범죄자가 없다고 말했네만, 이걸 보게. 아무래도 내 말이 틀린 것 같군."

그는 심부름꾼이 가져다준 편지를 내게 내밀었다. 나는 재빨리 편지를 읽었다.

"세상에, 이렇게 끔찍한 일이!"

내가 큰 소리로 외치자 홈즈가 차분한 목소리로 말했다.

"흔히 일어나는 사건과는 좀 달라. 미안하지만 소리를 내서 읽어줄 수 있겠나?"

나는 홈즈에게 편지를 읽어주었다. 다음과 같은 내용이었다.

셜록 홈즈 씨

어젯밤 브릭스턴가 외곽에 있는 로리스턴 가든 3번지에서 사건이 발생했습니다. 새벽 2시경 순찰을 돌던 경찰이, 비어 있는 줄 알고 있던 집에 불이 켜져 있는 것을 수상히 여겨 살펴보았습니다. 현관문은 열려 있었으며, 가구 하나 없는 거실에는 잘 차려입은 신사의 시체가 있었습니다. 주머니 속에는 '미국 오하이오주 클리블랜드시 이녹 J. 드레버'라고 적힌 명함이 몇 장 들어 있었습니다. 강도를 만난 흔적은 없으며, 사망 원인을 추정할 만한 증거도 발견하지 못했습니다. 방에 혈흔이 남아 있었는데, 시체에 상처는 없었습니다. 사망자가 왜 방에 있었는지 우리로서는 알 길이 없습니다. 참으로 난해하기 그지없는 사건입니다.

오늘 오전 중으로 현장에 오시겠다면 기다리고 있겠습니다. 연락 주실 때까지 현장은 그대로 보존해두도록 하겠습니다. 사정이 어려우시다면 후에 자세한 상황을 들려드리겠습니다. 그때 의견을 들려주신다면 대단히 감사하겠습니다.

토비어스 그렉슨 드림

"그렉슨은 런던 경찰청에서도 손꼽히는 인물이라네. 그와 레스트레이드는 의욕이 넘치고 민첩해. 하지만 틀에 박힌 생각에서 벗어나지 못하는 게 단점이라네. 게다가 두 사람은 서로를 못 잡아먹어서 안달이지. 서로를 질투한다고 해야 하나? 만약 두 사람 모두 이 사건에 관여한다면 참 재미있을 텐데."

나는 홈즈가 너무 여유롭게 이야기하는 것을 보고 놀랐다.

"홈즈, 이럴 시간이 없지 않은가? 가서 마차를 불러올까?"

그런데 내 재촉에도 홈즈는 느긋한 표정으로 말했다.

"흠, 거길 가야 할지 아직 결정하지 못했다네. 나는 정말 구제불능의 개으름뱅이야. 물론 때로는 누구보다 빠르게 움직이지만 지금은 아닌 것 같아."

"정말 이해가 되지 않는군. 이 사건이야말로 자네가 기다리던 것이 아닌가?"

"글쎄, 그게 나와 무슨 상관이란 말인가? 내가 사건을 해결한다 해도 그렉슨과 레스트레이드가 그 공을 모두 가져갈 텐데. 나 같은 사립탐정에게 그 공이 돌아올 리 없지."

"하지만 그렉슨이 자네에게 도움을 청하고 있지 않은가?"

"그야 내가 자기보다 훨씬 낫다는 걸 그렉슨 스스로가 인정하고 있으니 당연하지. 하지만 제3자 앞에서는 절대 그런 내색을 하지 않을 뿐만 아니라 내 존재에 대해서 입을 열려고 하지 않아."

홈즈는 잠깐 천장을 올려다보며 생각에 잠겼다. 잠시 후 그는 나를 보고 빙긋이 웃으며 말했다.

"그래도 가보는 편이 낫겠군. 나는 내 나름대로 수사를 해볼 생각이야. 단서를 잡지 못한다 해도 그 친구들 코를 납작하게 만들어줄 수는 있으니까 말이야."

홈즈는 서둘러 외투를 걸쳐 입었다. 그가 재빨리 움직이는 걸 보니 이전까지의 우울함은 사라지고 일에 대한 의욕이 솟구치는 모양이었다.

"모자를 쓰게."

"나도 함께 가자는 말인가?"

"그래, 달리 할 일이 없다면."

잠시 후 우리 두 사람이 탄 이륜마차는 브릭스턴가를 향해 빠르게 달리고 있었다. 그날 아침은 흐린 날씨에 안개까지 뿌옇게 끼어 있었다. 늘어선 집들의 지붕은 진흙투성이 거리를 반사하듯 진한 갈색 장막에 둘러싸여 있었다.

홈즈는 보기에도 아주 기분이 좋아 보였다. 그는 크레모나에서 만들어지는 바이올린에 관한 이야기, 특히 스트라디바리우스와 아마티가 만드는 악기의 차이점 등에 대해서 혼자 떠들어댔다. 반면에 나는 아무 말도 하지 않았다. 음침한 날씨 탓도 있었지만, 우리를 기다리고 있는 오싹한 사건을 생각하면 기분이 가라앉았다. 더 이상 견딜 수가 없던 나는 악기에 대해 말하는 홈즈의 이야기를 끊고 말했다.

"이번 사건에 대해서는 그다지 신경 쓰지 않는 것 같군."

홈즈가 대답했다.

"아직 아무런 자료도 없으니까 당연하지. 증거가 채 모이기도 전에 섣불리 추리하면 치명적인 실수를 불러올 수 있네. 그건 이성적인 판단력을 마비시키는 짓이야."

나는 손가락으로 밖을 가리키며 말했다.

"이미 브릭스턴가에 도착했어. 저게 그 문제의 집인가 보군."

"그렇군. 마부! 어서 마차를 세우게."

사실 그 집까지는 아직 100미터가량 남은 상태였다. 하지만 홈즈가 마차에서 내리기를 고집했기 때문에 우리는 그곳까지 걸어갔다.

로리스턴 가든 3번지는 어딘지 모르게 불길하고 음산해 보였다. 그 집은 거리에서 약간 떨어져 있는 네 채의 집중의 하나였다. 그중 두 집에는 사람이 살고 있었고, 나머지 두 집은 비어 있는 상태였다. 사건이 일어난 곳은 빈집 중 한 곳이었다. 커튼도 없는 휑한 창이 늘어서 있어 을씨년스러운 느낌을 주었는데, 유리창 곳곳에 '임대'라고 써놓은 종이가 붙어 있어 흐릿한 창이 마치 백내장에 걸린 눈처럼 보였다. 길가와 집 사이에는 조그만 정원이 있었는데, 연약해 보이는 나무 몇 그루가 듬성듬성 서 있었고 점토와 자갈로 만들어놓은 듯한 누렇고 좁다란 길이 정원을 가로지르고 있었다.

밤새 내린 비 때문에 주위는 온통 진흙탕이었다. 정원은 높이 1미터 정도의 벽돌담으로 둘러싸여 있었다. 담 위에는 목책이 붙어 있었고, 건장한 체격의 경찰이 그 벽에 바싹 붙어 서 있었다. 경찰 주위로 몇몇 구경꾼이 모여들어 안에서 무슨 일이 일어났는지 목을 길게 빼고 들여다보려 했지만, 안을 볼 수는 없었다.

나는 홈즈가 현장으로 달려가 바로 사건을 수사할 것이라고 생각했다. 하지만 홈즈는 그럴 기색을 조금도 보이지 않았다. 현장 분위기로 봐서는 거드름을 피우는 것이라고 밖에는 보이지 않았는데, 홈즈는 태연한 기색으로 거리를 어슬렁거리며 하늘을 올려보거나 땅을 내려다보았다. 그리고 길 건너 집과 벽돌담 위 난간을 멍한 표정으로 바라보았다. 도무지 의도를 알 수 없는 조사를 끝낸 홈즈는 정원으로 난 통행로를 따라 천천히 걸어갔다. 아니,

더 정확히 말하자면 통행로 주변의 풀밭 위로 걸어갔다.

홈즈는 두 번 정도 멈춰 섰는데, 한 번은 빙그레 웃으면서 감탄사를 내뱉었다. 축축하게 젖은 땅 위에는 수많은 발자국이 찍혀 있었다. 하지만 경관들이 이미 그 위를 밟고 들락날락한 뒤라, 홈즈가 거기에서 어떤 단서를 찾아낼 거라고는 생각할 수 없었다. 그래도 홈즈의 날카로운 판단력을 봤기 때문에 내가 알아채지 못한 것을 그는 이미 파악하고 있을지도 모른다고 생각했다.

현관 앞에 도착하자 한 남자가 기다렸다는 듯이 뛰어나와 홈즈의 손을 잡았다. 키가 크고 얼굴이 희었으며 머리는 금발이었고 손에는 수첩을 들고 있었다.

"와주셨군요. 정말 고맙습니다. 현장은 그대로 보존해 둔 상태입니다."

"저곳은 예외더군요. 들소 떼가 지나갔다고 해도 저렇게 엉망이 되지는 않았을 거요. 그렉슨, 저렇게 짓밟히기 전에 조사는 마쳤다고 생각해도 되겠습니까?"

홈즈가 정원의 좁은 길을 손가락으로 가리키며 묻자 형사가 재빨리 변명조로 말했다.

"집 안에서 할 일이 좀 있어서요. 레스트레이드가 왔기에, 그쪽은 그에게 맡겼습니다."

흘낏 나를 보는 홈즈의 표정에는 비웃음이 서려 있었다.

"당신과 레스트레이드 씨가 이미 사건 현장에 있는데 내가 할 일이 뭐가 있겠습니까?"

그렉슨은 만족한 표정으로 두 손을 비벼댔다.

"물론 우리가 할 수 있는 일은 다 했습니다. 그런데 아무리 생각해도 이상한 사건이라서 말입니다. 이런 사건에는 누가 뭐래도 홈즈 선생이 제격이지요."

"당신은 영업용 마차를 타고 왔나요?"

홈즈가 묻자 그렉슨이 답했다.

"아닙니다."

"레스트레이드 씨는?"

"걸어왔습니다."

"일단 현장부터 봅시다."

홈즈는 도무지 알 수 없는 질문 몇 개를 던지고는 집 안으로 들어갔다. 그렉슨은 어이없다는 표정을 하고는 그의 뒤를 따랐다.

카펫이 깔려 있지 않은 먼지투성이 나무 복도는 조금 떨어진 곳에 있는 복도까지 연결되어 있었다. 복도 양쪽으로 방이 있었으며, 한쪽 방은 몇 주일 동안이나 문을 열지 않은 듯했다. 다른 쪽 방은 식당과 연결되어 있었다. 그곳이 이 기묘한 사건이 일어난 현장이었다. 홈즈가 먼저 식당 안으로 들어갔고 나는 그의 뒤를 따랐다. 누군가 그 안에서 죽었다는 생각을 하자 기분이 급격히 가라앉았다.

커다란 정사각형 방은 가구가 없어 휑한 탓에 더욱 커 보였다. 벽에는 번쩍거리는 싸구려 벽지가 붙어 있었는데 군데군데 곰팡이가 슬어 있었다. 또 여기저기 떨어진 벽지가 아래로 축 처져 있어서 노랗게 회칠한 벽이 그대로 드러났다. 문 건너편에는 지나치게 화려한 벽난로가 있었는데, 그 위에는 모조 대리석으로 만든 커다란 선반이 달려 있었다. 벽난로 선반의 한쪽 구석에는 타다 남은 빨간 양초가 놓여 있었다. 방에 하나뿐인 창문은 너무나 더러워서 창으로 들어오는 햇빛마저 흐릿했다. 그 때문에 가뜩이나 먼지가 잔뜩 내려앉은 방 안은 더욱 어두워 보였다.

사실 내가 이 모든 것을 관찰한 것은 한참 후의 일이었다. 방에 들어가자마자 내 시선을 확 잡아 끈 것은 바닥에 누워 있는 섬뜩한 시체였다. 시체는 공허한 눈을 크게 뜬 채로 나무 바닥에 길게 누워 있었다. 죽은 사람의 나이는 대략 마흔셋가량 되어 보였다. 그는 보통 체격에 어깨는 넓었고 억세 보이는 검은 고수머리에 짧은 턱수염을 기르고 있었다. 상의는 질 좋은 프록코트와 조끼, 하의는 밝은색 바지를 입었는데, 셔츠 깃과 소매는 더없이 깨끗했다. 바닥에는 손질이 깔끔하게 된 실크 모자가 떨어져 있었다. 사내는 양팔을 넓게 벌리고 두 주먹을 움켜쥔 상태였다. 그런데 두 다리를 꼬고 있는 것으로 보아 죽는 순간에 매우 심한 고통을 느낀 듯했다. 뻣뻣하게 굳은 얼굴에는 공포가 짙게 깔려 있었다. 어찌 보면 그것은 이제껏 내가 본 적이 없는 증오심이 가득한 표정이기도 했다. 처참하게 일그러진 표정에 좁고 뭉툭한 이마, 돌출된 턱, 몸을 뒤틀고 있는 모습이 마치 원숭이처럼 보였다. 여태껏 나는 수많은 죽음을 보아왔다. 하지만 런던 교외의 대로변에 있는, 저 어둡고 더러운 방 안에서 목격한 죽음보다 더 고통스러운 것은 본 적이 없었다.

그때였다. 깡마른 데다 족제비 같은 인상의 레스트레이드가 문 옆에 서 있다가 우리에게 인사했다.

"홈즈 선생, 아무래도 이 사건은 조용히 끝날 것 같지 않소이다. 제법 연차가 있는 나도 이런 사건은 처음이에요."

"아무런 단서도 잡지 못했나?"

그렉슨이 묻자 레스트레이드가 고개를 저으며 말했다.

"전혀 없네."

홈즈는 바닥에 무릎을 꿇어앉은 뒤 시체를 세심하게 살펴보았다.

"틀림없이 외상이 없었단 말이죠?"

홈즈가 주위에 흩어져 있는 많은 양의 핏방울을 손가락으로 가리키며 물었다.

"틀림없습니다."

두 형사가 동시에 대답했다.

"그렇다면 이 피는 다른 사람의 것이 확실하군요. 아마도 살인범이 흘린 피겠지요. 만약 이곳에서 살인 사건이 일어났다면 말입니다."

"그렇겠군요."

"이 사건을 보니 1834년에 유트레흐트에서 일어났던 반 얀센 살인 사건의 정황이 떠오르는군요. 그렉슨, 그 사건을 기억하고 있습니까?"

"모르겠습니다."

그렉슨 형사의 답에 홈즈는 의기양양한 표정으로 말했다.

"그렇다면 사건 기록을 한번 읽어볼 필요가 있습니다. 한 하늘 아래에 새로운 것은 없으니까요. 지금 벌어지는 모든 일은 과거에 한 번쯤 일어난 적이 있다는 것을 잊지 말아야 합니다."

홈즈는 자신의 의견을 말하는 동안에도 민첩한 손동작으로 시체의 여기저기를 만지고 눌러보았다. 또 셔츠의 단추를 풀고 안을 들여다보기도 했다.

그러는 사이 그의 얼굴에는 예전에 보았던, 나만이 알고 있는 멍한 표정이 떠올라 있었다. 다만 홈즈의 조사는 매우 신속하게 이루어졌기 때문에 그 누구도 그것이 정확하고 면밀하게 이루어졌는지는 알 수 없었다. 잠시 후 그는 죽은 사람의 입가에 코를 대고 킁킁 냄새를 맡은 뒤 에나멜 가죽으로 만든 구두 밑창을 훑어보았다.

"혹시 시체를 움직였습니까?"

"조사하려고 움직이기는 했지만, 다시 원래대로 해놓았습니다."

"필요한 건 다 봤습니다. 이제 시체를 안치소로 옮겨도 좋습니다."

그렉슨은 들것과 그것을 들 네 사람을 대기시켜놓고 있었다. 그렉슨의 명령으로 시체는 들것으로 옮겨졌다. 그런데 시체를 옮길 때 반지가 바닥으로 떨어져 작은 소리가 났다. 레스트레이드가 그것을 집어 들고는 알 수 없다는 듯이 쳐다보았다.

"이건 여자의 결혼반지잖아? 여자가 있었군!"

레스트레이드가 큰 소리로 말하면서 반지를 손바닥에 올려놓고는 내밀어 보였다. 우리는 그를 둘러싸고 반지를 뚫어져라 쳐다보았다.

"이거 참 일이 복잡하게 됐군. 안 그래도 복잡한 사건이었는데."

그렉슨이 한숨을 쉬며 말하자 홈즈가 바로 말했다.

"반지 덕분에 간단해졌다고 생각하지는 않나요? 반지

만 쳐다본다고 뭐가 나오겠습니까? 시체의 주머니 속에는 뭐가 들어 있었지요?"

"여기에 모두 모아 두었습니다."

그렉슨이 계단 아래 잡동사니를 가리키며 이어 말했다.

"순금 앨버트 줄이 달린 런던 바로드 사의 금시계, 제조번호는 97163입니다. 프리메이슨 문장이 든 금반지, 눈이 루비로 되어 있는 불독 모양의 황금 장식 핀, 러시아제 가죽 명함 케이스가 있습니다. 이 안에 클리블랜드시의 이녹 J. 드레버의 명함이 있었습니다. 이것은 그의 셔츠와 손수건에 새겨진 'E.J.D'라는 머리글자와 동일합니다."

"지갑은요?"

"지갑은 없었고 잔돈만 7파운드 13실링이 들어 있었습니다."

"그 밖에 다른 것은?"

"보카치오의 『데카메론』 문고판이 있었는데, 표지 안쪽에 조셉 스탠거슨이라는 이름이 쓰여져 있었습니다. 그리고 드레버와 조셉 스탠거슨 앞으로 온 편지가 각각 한 통씩 있었습니다."

"편지의 주소는?"

"스트랜드가에 있는 아메리카 익스체인지 환전소입니다. '편지를 찾아갈 때까지 보관해달라'는 내용이었습니다."

"발신처는 어딥니까?"

"두 통 모두 기온 선박회사에서 발송한 것이었습니다. 리버풀에서 기선이 출항한다는 내용이었지요. 아마도 이 불행한 사내는 뉴욕으로 돌아가려 했던 것 같습니다."

"스탠거슨에 대해서는 조사했습니까?"

"물론입니다. 일단 모든 신문에 그에 대한 광고를 냈고, 경관 한 명을 아메리카 익스체인지 환전소로 보냈습니다만, 아직 돌아오지 않았습니다."

그렉슨이 대답했다.

"클리블랜드시 쪽에는 알아보셨습니까?"

"오늘 아침에 전보를 쳤습니다."

"무슨 내용이었습니까?"

"일단 사건 경위를 간단히 설명한 뒤 도움이 될 만한 정보가 있으면 알려달라고 했습니다."

"좀 더 중요하다고 생각되는 점에 대해 특별히 묻지는

않았습니까?"

"스탠거슨의 신원조회를 의뢰했지요."

"다른 내용은 없습니까? 사건 해결에 결정적으로 작용할 만한 사항은 없느냐는 말입니다. 혹시 전보를 다시 칠 생각입니까?"

홈즈가 질문을 퍼붓자 그렉슨은 기분이 상한 표정이었다. 그는 화가 난 듯 얼굴을 찌푸리며 대답했다.

"궁금한 건 전부 물었습니다."

그렉슨이 발끈하며 대답했다. 셜록 홈즈가 껄껄 웃으며 무엇인가를 말하려 했다. 바로 그때 식당에 있던 레스트레이드가 모습을 나타냈다. 그는 아주 거만한 표정으로 손을 비벼댔다.

"여보게, 그렉슨. 방금 내가 아주 중대한 단서를 발견했네. 만약 내가 식당 벽을 자세히 살피지 않았다면 절대 발견할 수 없었을 걸세."

키가 작은 형사가 눈을 반짝이며 말했다. 경쟁 관계에 있는 동료에게 한 방 먹인 것이 즐거워 죽겠다는 표정이었다.

"이쪽이에요."

레스트레이드는 식당으로 들어서면서 우리를 불렀다.

"잠깐만 여기서 기다리십시오."

레스트레이드는 구두 바닥에 성냥을 그어 불을 켜고는 그것으로 벽을 비춰 보이며 외쳤다.

"여기를 좀 보십시오!"

앞서 나는 그곳의 벽지가 군데군데 떨어져 있었다는 이야기를 했다. 레스트레이드가 가리킨 곳은 넓은 부분이 벗겨져 있어 누런 초벽이 정사각형 모양으로 드러나 있었다. 그리고 그 벽에는 핏빛 글자가 쓰여 있었다.

rache

"어떻습니까?"

레스트레이드는 무대 위의 배우처럼 소리쳤다.

"이걸 발견하지 못했던 것은 어두운 방의 구석이었기 때문입니다. 누구도 이런 곳까지는 조사하려고 들지 않는 법이죠. 하지만 살인범은 바로 여기에 자신의 피로 이 글자를 썼습니다. 피가 벽을 타고 흘러내렸습니다. 이걸로 자살일 가능성은 사라졌습니다."

"그런데 그 글자를 왜 그런 구석에 적어놓았을까요?"

내가 조심스럽게 묻자 레스트레이드는 기다렸다는 듯이 답했다.

"좋은 질문입니다. 저기 벽난로 위의 양초가 보이지요? 이 글자를 쓸 때는 분명히 양초가 켜져 있었습니다. 그렇다면 이 벽은 가장 어두운 부분이 아니라 가장 밝은 부분이었겠지요?"

"그래. 자네가 발견했다고 했는데, 그게 무슨 의미가 있단 말인가?"

그렉슨이 비아냥거리는 투로 물었다.

"그거야 당연하지 않은가? 살인범은 분명히 레이첼(RACHEL)이라는 여자의 이름을 쓰려고 했던 거야. 하지만 미처 다 쓰기 전에 방해를 받았던 거지. 분명 이 사건에는 레이첼이라는 여자가 어떤 식으로든 얽혀 있을 걸세."

그때 홈즈가 킥킥대며 웃기 시작했다. 레스트레이드가 기분이 상한 듯 못마땅한 표정으로 홈즈를 흘겨보며 말했다.

"홈즈 선생, 웃는 거야 선생 마음이지만, 선생이 제아무리 비상한 재주를 가졌다 해도 결국은 산전수전 다 겪은 사냥개가 가장 훌륭하다는 걸 깨닫게 될 겁니다."

홈즈는 애써 웃음을 참으며 사과했다.

"이거 정말 미안하게 됐습니다. 누가 뭐래도 이걸 가장 먼저 발견한 사람은 당신입니다. 그리고 당신 말대로 이 글자를 쓴 사람이 살인범일 가능성이 높지요. 그런데 나는 아직 이 방을 조사할 만한 여유가 없었습니다. 이제부터 조사해보고 싶은데 어떻습니까?"

그렇게 말하면서 홈즈는 주머니에서 줄자와 커다랗고 둥그런 돋보기를 꺼냈다. 그는 이 두 가지 도구를 들고 조용히 방 안을 걸어 다니기도 하고 그 자리에 서기도 했다. 또 무릎을 꿇어 바닥을 살피는가 싶더니 급기야 배를 방바닥에 깔고 엎드리기도 했다. 그는 자기 일에 너무 열중한 나머지 우리가 있다는 사실조차 잊은 듯했다. 게다가 홈즈는 쉴 새 없이 입을 움직이고 있었는데, 소리를 지르기도 하고, 신음 소리를 내기도 하고, 휘파람을 불기도 하고, 뜻대로 일이 풀린 듯 환성을 지르기도 했다. 그것을 보고 나는 문득 잘 훈련된 순종 폭스 하운드를 떠올렸다. 폭스 하운드는 숲을 맹렬하게 헤치고 다니며 사라진 사냥감의 냄새를 맡아내고야 만다.

20분이 지나도록 홈즈는 내 눈에는 보이지 않는 흔적들 사이의 거리를 조심스럽게 측정했다. 가끔은 줄자로 벽을 재며 자기만의 조사를 계속해나갔다. 그리고 바닥에 쌓인 회색 먼지 한 뭉치를 조심스럽게 봉투에 담기도 했다. 마지막으로 그는 돋보기를 들고 벽 위에 쓴 글자를 한 자 한 자 세밀하게 검사했다. 그 일을 끝마친 홈즈는 만족스러운 표정으로 줄자와 돋보기를 주머니에 집어넣고 그제야 우리를 돌아보며 말했다.

"천재란 어떤 고통에도 견디는 능력이 있어야 한다고 합니다. 터무니없지만 탐정에게 잘 어울리는 말이지요."

그렉슨과 레스트레이드의 얼굴에 호기심과 함께 경멸의 표정이 떠올랐다. 그들의 눈에 홈즈는 아마추어 탐정에 불과한 모양이었다. 하지만 그들과 다르게 나는 홈즈가 하는 모든 행동은, 아무리 사소한 것이라 하더라도 실용적인 목적이 있다는 것을 이미 깨달은 상태였다.

"어떻게 생각하십니까?"

두 사람이 동시에 물었다.

"만약 내가 참견한다면 당신들의 공을 빼앗게 될지도 모릅니다. 훌륭하게 조사하셨으니 굳이 내가 방해할 필요는 없겠지요."

홈즈의 말에는 비아냥거리는 기색이 역력했다.

"하지만 앞으로 수사 진행 상황을 알려주신다면 할 수 있는 한 협조하겠습니다. 그건 그렇고, 시체를 발견한 경찰과 이야기를 나누고 싶은데, 그 경찰의 이름과 주소를 가르쳐주시겠습니까?"

레스트레이드가 수첩을 들여다보며 말했다.

"이름은 존 랜스, 오늘은 비번이군요. 케닝턴 파크 게이트 오들리 코트 46번지입니다."

홈즈는 주소를 받아 적었다.

"왓슨, 같이 가세."

방을 나서려던 홈즈가 문득 두 형사를 향해 돌아서며 말했다.

"제가 수사에 도움이 될 만한 정보를 하나 알려드릴까요? 이 사건은 분명한 살인사건입니다. 살인자는 남자이고 키는 1미터 80센티가량입니다. 키에 비해 비교적 발이 작은데 구두코가 각진 싸구려 신발을 신고 있지요. 또 인도산 시가 트리치노폴리를 피웁니다. 범인은 어제 피살자와 함께 사륜마차를 타고 이곳에 왔습니다. 그 마차를 끈 말의 편자 한 개는 낡은 것인데 오른쪽 앞발에는 새 편자가 박혀 있습니다. 살인자의 얼굴은 붉고 오른쪽 손톱이 유난히 길지요. 이런 사항들은 몇 가지 특징에 불과하지만 수사에 도움이 될 겁니다."

레스트레이드와 그렉슨은 도무지 믿을 수 없다는 표정으로 서로의 얼굴을 바라보았다.

"그 사람이 살해당한 거라면, 살해 수법은요?"

레스트레이드가 물었다.

"독살입니다."

홈즈는 퉁명스럽게 대답하고는 발걸음을 옮겼다.

"레스트레이드 씨, 헛수고는 하지 마십시오. RACHE는 독일어로 '복수'를 뜻합니다. 그러니 미스 레이첼이라는 여자를 찾아봐야 헛수고일 겁니다.”

말을 마친 홈즈는 입을 다물지 못하고 서 있는 두 형사를 남겨둔 채 문 밖으로 사라졌다.

존 랜스의 증언

홈즈와 나는 오후 1시경 로리스턴 가든 3번지를 떠났다. 홈즈는 가까이에 있는 전신국에 들러서 긴 전보를 쳤다. 그런 다음 영업용 마차를 세우더니, 마부에게 레스트레이드가 알려준 주소까지 데려다달라고 했다.

"증거는 직접 구하는 것이 가장 좋다네. 사실은 어떻게 된 사건인지 짐작이 가지만 그래도 최대한의 정보를 구하는 것이 좋겠지."

"홈즈, 자네는 정말 사람을 놀라게 만드는 재주가 있군. 그런데 아까 두 형사 앞에서 했던 말은 확실한 건가?"

내가 묻자 홈즈는 자신감 넘치는 표정으로 고개를 끄

덕였다.

"당연하지. 내가 현장에 갔을 때 가장 먼저 발견한 것은 인도 가까이에 남아 있던 두 줄기 바퀴 자국이었지. 최근 일주일 정도는 비가 내리지 않았다네. 그리고 어젯밤에 비가 내렸지. 그렇게 깊이 새겨진 것을 보면 자국은 틀림없이 어젯밤에 생긴 거야. 또 길에는 말발굽 자국도 남아 있었네. 다른 세 개의 자국에 비해 한 개의 자국이 훨씬 뚜렷하게 파여 있는 것으로 보아 새로 편자를 씌웠다는 것을 알 수 있었지."

"아, 그래서 자네가 그렉슨에게 그런 질문을 했었군."

홈즈는 내 말에 빙그레 웃으며 말을 이었다.

"그렉슨의 말로는 오전 중에 현장 앞을 지나간 마차는 없다고 했어. 그렇다면 문제의 마지막 마차가 어젯밤에 그 앞을 지나갔다는 말이 되지. 그리고 그 마차에는 의문의 두 사나이가 타고 있었을 테고."

"듣고 보니 간단한 추리로군. 그런데 용의자의 키는 어떻게 알아냈나?"

"사람의 키는 보폭으로 쉽게 알아낼 수 있다네. 정확도가 90퍼센트는 되네. 계산법은 아주 간단해. 하지만 시시콜콜하게 숫자를 나열해서 자네를 지루하게 만들고 싶지는 않아. 나는 정원의 진흙과 집 안의 먼지에 찍힌 발자국을 보고 용의자의 보폭을 알아냈다네."

미심쩍어하는 표정으로 홈즈를 바라보자 그는 설명을 계속했다.

"또 다른 단서도 있지. 사람이 벽에 글자를 쓸 때는 본능적으로 자신의 눈높이에 맞춰서 쓴다네. 'RACHE'라는 글자는 바닥에서 180센티미터보다 조금 높은 곳에 있었지. 그러니 용의자의 키를 추측하는 정도는 식은 죽 먹기가 아니겠나."

"그럼 나이는 어떻게 알았나?

"정원에 있는 웅덩이를 보고 알았지. 용의자는 폭이 1미터 30센티미터가량 되는 웅덩이를 뛰어넘었네. 만약 힘없는 노인이었다면 그럴 수 없었겠지. 조사 결과 에나멜 구두 발자국은 웅덩이를 돌아갔고, 각진 구두 발자국은 그것을 건너뛰었다는 것을 알아냈어."

"오호!"

내 입에서는 절로 감탄사가 튀어나왔다.

"이제 알겠나? 내가 잡지에 썼던 것처럼 관찰과 추리를 실생활에 적용할 수 있다는 사실을 말일세. 또 궁금한 게 있나?"

"손톱과 트리치노폴리 잎담배에 관한 것이 남아 있네."

"벽에 쓴 글자는 집게손가락에 피를 묻혀 쓴 것이라네. 돋보기로 보니 글자를 쓸 때에 벽을 긁은 흔적이 희미하게 남아 있었다네. 만약 그자의 손톱이 짧았다면 그런 일은 일어날 수 없었겠지."

"그럼 트리치노폴리 시가는?"

"아까 내가 마룻바닥에 엎드려 있던 걸 봤지? 그때 바닥에 떨어져 있는 담뱃재를 모아보니 빛깔이 검고 조각이 얇더군. 그런 재가 나오는 담배는 오직 트리치노폴리뿐이지."

"담뱃재도 연구한 건가?"

설마 하는 얼굴로 내가 묻자 홈즈는 어깨를 으쓱하며 답했다.

"실제로 나는 잎담배의 재에 대해서 전문적으로 연구

한 적이 있고, 논문을 발표한 적도 있다네. 자랑은 아니네만, 잎담배든 그 외의 담배든 이름이 알려진 것이라면 그 재를 보고 단번에 이름을 맞힐 수 있지. 그러니 그렉슨이나 레스트레이드 같은 형사들이 나처럼 뛰어난 탐정을 어떻게 따라잡을 수 있겠나?"

"그럼 범인의 얼굴이 붉은빛을 띠고 있다는 얘기는?"

"좀 억지에 가까운 추측이라고 생각할지 모르겠지만, 틀림없을 걸세. 지금은 묻지 말게나."

나는 두 손으로 이마를 쓰다듬으며 말했다.

"너무나 혼란스럽군. 생각할수록 희한한 사건이야. 현장에 정말 두 사람이 있었다면 그들은 뭘 하러 빈집에 들어간 건가? 도대체 어떻게 피살자에게 독을 먹일 수 있었을까? 바닥에 흘린 피는 누구의 것이지? 범행 목적이 절도가 아니라면 도대체 살해 동기는 뭐지? 어째서 여성용 반지가 거기에 있었던 거지? 그리고 정말 모르겠는 건 용의자는 왜 떠나기 전에 'RACHE'라는 독일어를 써놓았을까? 솔직히 말해서 나는 이 모든 사실을 어떻게 연결해야 할지 모르겠네."

홈즈는 만족스러운 듯 미소 지으면서 말했다.

"자네가 복잡한 문제를 잘 정리해주었네. 나는 사건의 중요한 줄기에 대해서는 이미 판단을 내린 상태야. 하지만 아직 확실하지 못한 점이 몇 가지 남아 있어. 레스트레이드가 대단한 발견을 한 것처럼 으스댔던 벽의 글자는 경찰의 눈을 속이기 위한 속임수에 불과하다네. 사회주의자나 비밀 조직의 범행처럼 보이기 위한 수법이지. 그건 독일인이 쓴 것이 아니라네. 자네도 눈치챘는지 모르겠네만, 그 A라는 글자는 독일 활자체와 비슷한 구석이 있었다네. 하지만 정말 독일인이었다면 라틴 활자체로 썼을 거야. 독일인으로 보이려 했지만 오히려 그것 때문에 정체가 탄로난 셈이지. 그건 수사를 다른 방향으로 돌리려는 수작에 불과하다네. 설명은 이쯤에서 마치기로 하겠네. 마술사도 일단 그 방법을 밝히고 나면 더 이상 인기를 끌지 못하지 않겠는가? 내 조사 방법을 자네에게 너무 확실하게 밝혔다가는 역시 다른 사람들과 다를 바 없다는 소리를 들을지도 모르니까."

"절대로 그런 일은 없을 걸세. 자네는 탐정이라는 일을 세계에서 처음으로 물리학과 같은 정밀과학 수준으로 끌어올렸으니까."

홈즈는 나의 감탄 섞인 말에 기쁘다는 듯이 얼굴을 붉혔다. 전부터 깨달은 사실이지만 홈즈는 자신이 일하는 모습을 칭찬하면 아름다움을 칭찬받은 여자처럼 다정해졌다.

"한 가지만 더 가르쳐줄까? 에나멜 구두를 신은 사내와 끝이 각진 부츠를 신은 사내는 같이 마차를 타고 왔는데, 정원의 좁은 길을 걸을 때는 아주 사이가 좋았다네. 틀림없이 팔짱까지 끼고 있었을 걸세. 집 안으로 들어간 두 사람은 그 방 안을 서성였다네. 아니, 에나멜 구두를 신은 사내는 가만히 서 있었고, 끝이 각진 부츠를 신은 사내가 서성였다고 말하는 게 정확할 걸세. 이건 바닥에 있는 먼지의 상태를 보고 알아낸 거라네. 그리고 서성이는 동안 점점 흥분하게 되었다는 사실도 발자국을 통해서 알 수 있었지. 그건 보폭이 점점 넓어졌다는 사실을 보면 알 수 있다네. 범인은 흥분한 채로 말을 하다가 격렬한 분노가 폭발해버린 거지. 그래서 비극이 일어난 걸세. 이게 내가 알고 있는 전부네. 나머지는 단순한 추측에 불과해. 하지만 이를 토대로 수사를 진행하면 문제는 없을 걸세."

"그런 것까지 알아낼 수 있다니, 정말 훌륭하네."

"지금은 일단 서둘러야겠군. 오늘 저녁에 노만 네루다의 연주를 들으러 할레 콘서트에 가야 하거든."

우리가 이런 대화를 나누는 동안 마차는 지저분한 거리와 어두운 골목길을 달려갔다. 마차는 그중에서도 가장 더러운 거리에 마차를 세웠다.

"이 앞이 오들리 코트입니다."

마부가 칙칙한 벽돌 건물 사이로 난 좁은 골목을 가리키며 말했다.

"돌아오실 때까지 여기서 기다리고 있겠습니다."

오들리 코트는 한번 살아보고 싶은 곳은 아니었다. 좁은 골목 안으로 들어가니 돌을 깔아놓은 공터가 나타났고, 주위에 초라한 집들이 늘어서 있었다. 지저분해 보이는 동네 아이들 사이를 비집고 나가, '랜스'라는 이름이 적힌 청동 문패가 달린 46번지 집에 도착했다. 랜스 경관이 잠을 자고 있다는 말에 우리는 일단 응접실에서 그를 기다리기로 했다.

잠시 후 랜스가 불쾌한 표정으로 응접실에 나타났다. 단잠을 깨운 우리가 영 못마땅한 눈치였다.

"웬일이십니까, 셜록 홈즈 씨? 보고서는 이미 경찰서에 제출했는데요."

홈즈는 주머니에서 10실링짜리 금화를 꺼내더니 골똘히 생각하는 표정으로 만지작거리며 말했다.

"당신에게 직접 듣고 싶어서 왔습니다."

랜스는 조그만 금화를 뚫어져라 바라보며 말했다.

"내가 알고 있는 건 뭐든지 말씀드리지요."

"있었던 일을 전부 듣고 싶어요. 그냥 생각나는 대로 들려주세요."

말총으로 만든 소파에 앉은 랜스는 홈즈의 말에 하나도 남김없이 이야기하겠다고 결심한 듯 미간을 모으며 입을 열었다.

"처음부터 말씀드리겠습니다. 제 근무 시간은 밤 10시부터 아침 6시까지입니다. 밤 11시경에 화이트 하트라는 술집에서 싸움이 한 번 있었을 뿐 순찰 지역은 아주 조용했습니다. 오전 1시쯤에 비가 내리기 시작했지요. 그때 저는 해리 머처를 만났습니다. 홀랜드 그로브 지역을 순찰하는 경찰인데, 우리는 헨리에타가의 모퉁이에서 잠깐 이야기를 나누었습니다. 그러다 얼마 지나지 않아서, 새벽 2시를 조금 넘은 시간이었을 겁니다. 저는 브릭스턴가를 한번 둘러봐야겠다고 생각했습니다. 그 부근은 인적이 완전히 끊겼고, 길은 질퍽질퍽했습니다. 거리를 지나는 사람도 없었고, 영업용 마차도 한두 대 정도밖에 보지 못했습니다. 저는 순찰을 돌면서 4펜스짜리 따듯한 진을 마시면 소원이 없겠다고 생각했습니다. 이건 비밀입니다. 바로 그때였습니다. 사건이 일어난 집 창문에서 불빛이 새어 나오는 게 보였습니다."

"그 집이 비어 있다는 것을 알고 계셨습니까?"

"물론입니다. 예전에 그곳에 살던 사람이 장티푸스로 죽었는데도 집주인이 하수구를 그대로 방치했기 때문에 세 들려는 사람이 없었죠. 창밖으로 새어 나오는 불빛을 봤을 때는 무슨 일이 난 거라고 생각했습니다. 그래서 그 집 현관까지 갔다가…."

"걸음을 멈추고 정문으로 돌아갔지요? 왜 그랬나요?"

바로 그때 홈즈가 말을 자르며 끼어들었다. 랜스는 놀라서 홈즈를 바라보았다. 믿을 수 없다는 표정이었다.

"그렇습니다. 그걸 어떻게 알고 계시죠? 아무도 본 사람이 없을 텐데! 틀림없이 나는 현관까지 갔습니다. 하지만 너무나 조용했기 때문에 다른 사람과 함께 가는 것이 좋을 거라고 생각했습니다. 혹시 장티푸스로 죽은 사내의 유령이 원한을 품고 하수도를 보러 저세상에서 돌아온 게 아닐까…. 그런 생각이 들자 무서워져서, 어쩌면 손전등을 든 머처가 지나갈지도 모를 테니 문까지 되돌아갔던 것입니다. 하지만 아무도 없었습니다."

"거리에도 아무도 없었습니까?"

"사람은커녕 쥐새끼 한 마리도 없었습니다. 그래서 저는 마음을 다잡고 현관으로 다시 가서 문을 열어보았습니다. 집 안은 매우 조용했습니다. 그래서 저는 불이 켜진 방으로 들어갔지요. 벽난로 선반 위에는 촛불이 켜져 있었습니다. 아주 빨간색 양초였지요. 그리고 아래에는…."

"아, 그건 전부 알고 있어요. 당신은 방 안을 몇 번이고 왔다 갔다 하다가 시체 옆에 무릎을 꿇고 앉았어요. 그리고 방에서 나와 부엌의 문을 확인했죠. 그런 다음에…."

그때였다. 잔뜩 겁먹은 표정의 랜스가 자리에서 벌떡 일어섰다. 그는 의심에 찬 눈초리로 홈즈를 노려보며 소리쳤다.

"당신, 그때 거기 어디에 숨어 있었던 거요? 너무 많은 걸 알고 있잖소?"

홈즈는 피식 웃더니 랜스 앞에 자기의 명함을 던졌다.

"나를 살인자로 몰아붙일 생각은 마시오. 난 사냥꾼이지 사냥감이 아니니까. 그래도 의심이 된다면 그렉슨이나 레스트레이드에게 물어보시오. 그들이 잘 설명해줄 거요. 자, 계속 이야기해보시오. 그다음엔 어떻게 됐소?"

렌스는 다시 의자에 앉았지만 여전히 의심이 가득한 얼굴이었다.

"나는 문 쪽으로 가서 호각을 불었습니다. 그 소리를 들은 머처와 경관 두 명이 곧장 현장으로 달려왔지요."

"그때 길에는 아무도 없었습니까?"

"사건에 도움을 줄 만한 멀쩡한 인간은 없었습니다."

"그게 무슨 말입니까?"

홈즈가 묻자 랜스가 피식 웃으며 말했다.

"그간 술주정꾼을 많이 봐왔지만 그렇게 취한 사람은 처음 봤습니다. 제가 밖으로 나갔을 때 그놈은 담벼락에 기댄 채 고래고래 노래를 부르고 있었지요. 〈콜롬바인의 새로운 깃발〉인가 하는 노래였는데 가사도 겨우 알아들을 정도로 취한 상태였습니다. 그런 사람이 누굴 도울 수나 있었겠습니까? 제 몸도 똑바로 가누지 못하던데."

"어떻게 생겼던가요?"

홈즈가 눈을 반짝이며 물었다. 하지만 랜스는 사건과 관계없는 이야기를 하는 게 못마땅한 얼굴이었다.

"그 사람은 만취 상태였습니다. 그 사건만 아니었다면 잡아서 유치장에 처넣었을 겁니다."

"그자의 옷이나 얼굴은 혹시 못 봤습니까?"

홈즈가 초조한 표정으로 물었다.

"머처와 함께 그 사람을 부축하면서 슬쩍 보기는 했습니다. 일단 키가 상당히 컸습니다. 그리고 얼굴은 붉은빛이었는데 입 주위에 깃을 세워 가리고 있었기에…."

"역시. 그래서 그 사내를 어떻게 했지요?"

홈즈가 큰 소리로 물었다.

"바쁜데 그런 녀석을 끝까지 신경 쓸 틈이 어디 있겠습니까?"

랜스가 불만스럽다는 듯이 대답했다.

"아마 무사히 집에 갔을 겁니다."

"옷은 뭘 입고 있던가요?"

"갈색 코트를 걸치고 있더군요."

"혹시 손에 채찍을 들고 있었습니까?"

"채찍? 아니오."

"어딘가에 두고 온 게 분명하군."

홈즈가 작은 목소리로 중얼거렸다.

"그 후에 마차를 보거나 마차 소리를 듣지는 않았습니까?"

"아니오."

"좋습니다. 이 금화는 당신 겁니다."

홈즈는 만지작거리던 금화를 랜스에게 건네고는 자리에서 일어났다. 곧 그는 모자를 쓰더니 한심하다는 듯 말했다.

"그런데 말입니다, 랜스 씨. 아무래도 당신은 앞으로 승진하기는 힘들겠군요. 사람의 머리는 장식용이 아닙니다. 쓰라고 있단 말입니다. 만약 어제 머리를 좀 썼더라면 당신은 분명 진급했을 것입니다."

"그게 대체 무슨 소립니까?"

랜스가 발끈해서 소리쳤다.

"어젯밤 당신이 부축했던 그 사내는 이 사건의 단서를 쥐고 있는 인물입니다. 바로 우리가 찾고 있는 사람이지요. 하지만 이제 와서 말해봤자 무슨 소용이 있겠습니까. 이제 가세, 왓슨."

랜스는 홈즈의 말에 반신반의하면서도 불안해하는 기색이 역력했다. 우리는 그를 뒤로하고 마차를 향해 걸어갔다.

"한심한 바보 녀석."

하숙집으로 향하는 마차 안에서 홈즈가 화난 목소리로 말했다.

"그렇게 좋은 기회를 놓친다는 게 말이 되는 소린가?"

"나는 아직도 잘 모르겠네. 랜스 씨가 만난 주정뱅이의 모습은 자네가 추축한 제2의 인물과 일치하네. 하지만 일단 도망갔던 사람이 왜 다시 돌아왔을까? 범인이라면 그런 짓은 하지 않았을 텐데."

내 말에 홈즈는 고개를 저으며 말했다.

"그건 반지 때문이야. 틀림없이 반지 때문에 되돌아온 거야. 만약 그자를 잡을 신통한 방법이 없다면 우린 그 반지를 미끼로 써야 해. 반드시 붙잡고 말겠어. 잡는다는 쪽에 2대 1로 내기를 걸어도 좋아."

홈즈는 단호한 태도로 잘라서 말했다.

"아무튼 자네에겐 고맙네. 자네가 아니었다면 난 사건 현장에 가지 않았을 걸세. 그렇다면 이렇게 멋진 연구 기회를 놓쳤겠지. 이건 바로 진홍빛(비유적으로 죄악을 상징하는 색) 연구라네."

"그것 참 예술적인 표현이로군."

"삶이라는 무채색 실타래 속에 살인이라는 진홍빛 실이 섞여 있어. 우리가 할 일은 그 실타래를 풀어서 붉은 실을 골라내는 거지."

홈즈는 잠시 생각하는 듯 바깥 풍경을 바라보았다.

"자, 이제 점심 식사를 하고 노만 네루다의 공연을 보러 가야겠네. 네루다의 연주는 정말 훌륭하다네. 그녀가 장엄하게 연주하는 쇼팽의 소곡 제목이 뭐였더라? 트라 라라라라 라라 레이."

아마추어 탐정은 뭐가 그리 즐거운지 등받이에 등을 기대며 종달새처럼 노래를 흥얼거렸다. 하지만 나는 인간의 정신이 얼마나 복잡한가에 대해 깊은 생각에 잠겼다.

반지 주인의 정체

허약한 몸으로 오전에 돌아다닌 것이 무리였는지 오후가 되자 극심한 피로가 몰려왔다. 홈즈가 연주회에 간 뒤에 나는 소파에 누워 두 시간 정도 잠을 자려고 했다. 그런데 정신은 더욱 맑아질 뿐이었다. 오전에 일어난 일 때문에 내 머릿속은 이상한 추측과 생각으로 터져나갈 지경이었고 마음은 쉽게 진정되지 않았다.

눈을 감을 때마다 살해당한 남자의 개코원숭이 같은 일그러진 얼굴이 떠올랐다. 그 얼굴에서는 악귀 같다는 인상밖에 받지 못했기 때문에, 오히려 살해한 남자에게 감사한 마음이 들 정도였다. 만약 인간의 얼굴 중에서 가장 극악무도한 얼굴을 찾으라고 한다면 나는 주저하지 않고 클리블랜드시의 이녹 J. 드레버의 얼굴을 꼽을 것이다. 하지만 정의는 반드시 지켜져야 한다는 것, 혹여 살인자가 아무리 드레버에게 피해를 입었다고 해도 범죄에 대한 면죄부를 받을 수 없는 것만큼은 분명했다.

드레버의 죽음이 독약에 의한 것이라는 홈즈의 가설은 참으로 훌륭했다. 나는 홈즈가 피살자의 입가에 코를 대고 냄새를 맡던 장면을 떠올렸다. 홈즈는 분명 그때 무언가를 탐지해낸 것이 분명했다. 생각해보면 시체에는 특별한 상처가 없었고, 교살한 흔적도 없었으니 독살이라고 생각하는 것은 어쩌면 당연하다. 그렇다면 바닥에 흥건하게 고여 있던 피는 대체 누구의 것이었을까? 방 안에는 싸움을 한 흔적도 없었고 피살자는 흉기를 갖고 있지도 않았다. 이 모든 궁금증이 풀리기 전까지는 나나 홈즈나 쉽게 잠들기는 힘들겠다는 생각이 들었다. 다만 침착하고 자신감 넘치는 태도로 보아 홈즈는 이런 의문들을 풀어줄 가설을 세운 게 분명했다. 하지만 나는 그것이 무엇인지 도무지 알 수 없었다.

그날 저녁 홈즈는 상당히 늦게 돌아왔다. 시간상으로 보아 그는 연주회만 갔던 것이 아닌 게 분명했다. 저녁 식사는 이미 테이블 위에 차려져 있었다.

"멋진 무대였다네."

홈즈가 자리에 앉으며 말했다.

"자네, 다윈이 음악에 대해서 뭐라고 말했는지 알고 있나? 그는 인류에게 언어가 생기기 전부터 음악을 연주하고 감상하는 능력이 존재했다고 주장했지. 우리가 음악에 민감하게 반응하는 것은 아무래도 그 때문인 것 같아. 복잡한 시대를 살아가는 우리의 무의식 어딘가에 원시 시대의 기억이 아련히 남아 있는 게 아닌가 싶어."

"자네는 정말 상상력이 풍부하군."

내 말에 홈즈는 미소를 지으며 답했다.

"자연을 알기 위해서는 상상력이 필요해."

그는 내 얼굴을 찬찬히 들여다보더니 걱정스러운 표정으로 물었다.

"그런데 어디가 아픈가? 얼굴이 안 좋아 보이는군. 브릭스턴 사건 때문에 충격을 받은 건가?"

"솔직히 말하자면 그렇다네. 아프가니스탄에서 숱한 경험을 했으니 이젠 좀 무뎌질 때도 되었는데 말이야. 나는 마이완드에서 전우들이 난도질당하는 걸 맨 정신으로 봤었다네."

"그 심정 알 것 같네."

홈즈는 잠시 무거운 얼굴로 고개를 끄덕였다. 잠시 후 그는 사건 이야기를 꺼냈다.

"그런데 말이야. 왠지 모르게 이 사건은 상상력을 자극하는 뭔가가 있어. 만약 상상하지 않는다면 공포는 없는 셈이지."

"상상이라…."

"참, 자네 오늘 석간신문 봤나?"

"아니."

"이번 사건에 대한 기사가 꽤나 자세하게 실렸더군. 그런데 시체에서 여성용 반지가 떨어졌다는 얘기는 실리지 않았네."

"그건 왜 그런가?"

"이 광고를 좀 보게. 내가 오늘 석간신문에 이 광고를 실었다네."

홈즈는 내게 신문을 건네주며 손가락으로 한 지점을 가리켰다. 〈습득물〉란 가장 위쪽에 실린 광고였다.

> 오늘 아침 브릭스턴가 화이트 하트 술집과 홀랜드 그로브 주택가 중간 지점에서 무늬 없는 결혼 금반지 습득. 오늘 저녁 8시에서 9시 사이에 베이커가 221B번지 왓슨 박사에게 연락 바람.

"자네 이름을 써서 미안하네. 내 이름을 쓰면 그 멍청한 경찰들이 쓸데없이 참견할 것 같아서 말이야."

"그건 상관없네만, 만약 누가 찾아오면 어떻게 하지? 나한테는 반지가 없는데."

"여기 준비해두었다네."

홈즈는 반지 하나를 내 눈 앞으로 내밀었다.

"거의 비슷한 모양이니 이 정도면 충분할 걸세."

"누군가가 이 광고를 보고 찾아올 거라고 생각하나?"

"물론이네. 갈색 코트의 사내. 얼굴이 붉고 각진 구두를 신은 사람이 분명히 찾아올 걸세. 만약 자기가 직접 오지 않는다면 공범이라도 보내올 거야."

"그가 신변에 위험을 느끼지 않을까?"

내 말에 홈즈는 단호하게 고개를 가로저으며 말했다.

"전혀 그렇지 않을 걸세. 만약 이 사건에 대한 내 판단이 옳다면, 그는 이 반지를 위해 위험을 무릅쓸 것이 분명해. 그는 드레버의 시체 위로 몸을 굽혔을 때 반지를 떨어뜨렸어. 하지만 그때는 그걸 몰랐지. 사건 현장을 떠난 뒤 반지가 없어졌다는 걸 알고 황급히 돌아왔지만 상황은 크게 달라져 있었어."

"랜스 경관이 있었지."

"맞아. 그것도 자기가 실수로 켜놓고 나간 촛불 때문에 말이야. 그는 혹시라도 의심을 받게 될까 봐 취객인 척 연기했지."

거침없는 홈즈의 설명에 나는 고개를 끄덕일 수밖에 없었다.

"자, 이제 용의자의 입장에서 생각해보세. 그는 어디서 반지를 잃어버렸는지에 대해 여러 상황을 가정해봤을 거야. 어쩌면 집을 나선 후에 반지를 잃어버렸다고 생각했겠지. 이쯤 되면 그가 어떤 행동을 할지 알겠지?"

"신문의 〈습득물〉란?"

"맞네. 그가 이 광고를 보면 눈이 번쩍 뜨이겠지. 좋아서 어쩔 줄 모를 거야. 이 광고가 함정이라는 생각은 전혀 못할 걸세. 그가 보기에 반지와 살인 사건을 연관시킬 만한 이유가 하나도 없거든. 분명 그자는 올 걸세. 적어도 한 시간 안에 그자의 얼굴을 보게 될 거야."

"그가 오면 어떡하지?"

"아, 그건 내가 알아서 할 테니 걱정 말게. 혹시 무기를 갖고 있나?"

"구식이기는 하지만 군용 리볼버를 가지고 있네. 실탄도 약간 남아 있고."

"그럼 손질을 하고 실탄도 장전해놓는 게 좋을 거야. 거친 녀석일 거야. 틈을 봐서 덮칠 생각인데, 무슨 일이 일어날지 모르거든. 준비를 해두는 편이 나을 거야."

나는 침실로 가서 홈즈가 말한 대로 무기를 준비했다. 내가 권총을 갖고 거실로 돌아가니 식탁은 이미 정리된 상태였다. 홈즈는 언제나처럼 바이올린 켜는 일에 푹 빠져 있었다.

"사건이 점점 재미있어지는군."

홈즈가 말을 걸어왔다.

"방금 미국에서 답신이 왔네. 사건에 대한 내 추측이 맞았어."

"대체 자네 생각은 뭔가?"

"바이올린 줄을 갈 때가 되었군."

홈즈가 바이올린 줄을 살피며 말했다.

"권총은 주머니에 넣어두게. 사내가 나타나도 평소와 다름없는 말투로 말해야 하네. 나머지 일은 내게 맡기게. 그자를 너무 빤히 쳐다봐 의심을 사는 일이 없도록 하게."

"8시네."

나는 시계를 꺼내 흘낏 쳐다보았다.

"몇 분만 더 있으면 나타날 걸세. 문을 조금 열어두게. 아, 그 정도면 됐네. 열쇠는 꽂아둔 채로. 고맙네."

그는 내 앞으로 책 한 권을 내밀며 이어 말했다.

"이건 내가 어제 헌책방에서 산 책인데 좀 특이해. 『각국의 법』이라는 책이야. 1642년 벨기에의 리에주에서 발행된 라틴어본이야. 이 조그만 갈색 책이 인쇄된 건 청교도 혁명이 일어나기도 전이었다네. 국왕 찰스 1세의 목이 아직은 붙어 있었을 때지."

"발행자는 누구인가?"

"필립 드 크루아라네. 어떤 사람인지는 모르겠지만 말이야. 그리고 책 면지에는 '윌리엄 휘테의 장서'라고 잉크로 적어놓았는데, 희미하지만 아직은 읽을 수 있어. 도대체 윌리엄 휘테가 누굴까? 아마도 17세기에 살았던 능력 있는 변호사였을 거야. 필체에서 법률가 냄새가 나거든. 아, 기다리던 사람이 온 듯하군."

현관의 벨이 요란하게 울렸다. 홈즈는 가만히 일어나서 자신의 의자를 문 쪽으로 옮겼다. 현관에서 분주히 움직이는 하녀의 발소리가 들리더니, 이어서 빗장을 벗기는 소리가 들렸다.

"여기가 왓슨 박사님이 계신 곳인가요?"

목이 쉰 듯한 목소리가 뚜렷하게 들렸다. 하녀의 대답은 들리지 않았지만, 현관문이 닫히는 소리가 들리더니 곧 계단을 올라오는 발소리가 들렸다. 발을 질질 끄는 듯한, 어딘지 안정감이 없는 발소리였다. 귀를 기울이고 있던 홈즈의 얼굴에 의외라는 표정이 떠올랐다. 발소리는 천천히 복도를 지나왔다. 그리고 조그만 노크 소리가 들려왔다.

"들어오세요."

나는 큰 소리로 말했다. 그런데 방문을 연 사람은 우리가 기대했던 사람이 아니었다. 그는 기운찬 남자가 아니라 얼굴에 주름이 가득하고 발을 절룩거리는 노파였다. 노파는 갑자기 환한 불빛을 보자 눈이 부셔서 얼굴을 찌푸리더니 몸을 굽혀 인사했다. 그리고 부들부들 떨리는 손으로 주머니를 더듬었다. 나는 홈즈의 얼굴을 힐끗 쳐다보았다. 아니나 다를까 그의 미간은 잔뜩 찌푸려진 상태였다. 나는 애써 태연한 척하며 노파를 쳐다보았다. 노파는 주머니에서 석간신문 한 장을 꺼내더니 우리가 낸 광고를 가리켰다.

"이것 때문에 왔다우."

노파는 다시 한 번 허리를 굽혀 인사했다.

"브릭스턴가에서 주웠다는 금반지 말이우. 그 반지는 결혼한 지 1년 된 내 딸 샐리 거라우. 남편은 유니언 기선의 주방에서 일하고 있는데, 돌아와서 반지를 잃어버렸다는 걸 알면 난리를 칠 게 분명해요. 어이쿠, 그다음 일은 생각하기도 싫수. 맨 정신일 때도 성질이 불같은데 술까지 처먹고 나면 짐승만도 못하게 변하지. 어젯밤 샐리가 서커스 구경을 갔다가 반지를…."

"이 반지가 맞습니까?"

내가 물었다.

"아이구, 하느님! 감사합니다!"

노파가 호들갑을 떨며 소리쳤다.

"샐리가 엄청 좋아하겠네! 우리 딸 반지가 맞다우!"

"그런데 어디에 살고 계시나요?"

내가 연필과 메모지를 꺼내며 물었다.

"하운즈디치 던컨가 13번지. 여기까지 오는 데 시간이 꽤 걸렸어요."

"하운즈디치라면 어느 서커스를 보러 가더라도 브릭스턴가를 지나가지 않습니다."

홈즈가 날카롭고 단호한 목소리로 말했다. 노파는 휙 돌아서더니, 발갛게 짓무른 조그만 눈으로 홈즈를 노려보았다.

"이 선생께서 물어본 건 내 주소잖소. 샐리는 페컴의 메이필드 플레이스 3번지에 세 들어 살고 있어요."

"그럼 할머니 이름은 뭐죠?"

"나는 소여라고 합니다. 딸은 샐리 데니스. 톰 데니스와 결혼했거든요. 톰은 배를 타는 동안에는 아주 민첩한 사람이라 회사에서 그보다 좋은 주방 보조는 없다고 생각합니다만, 뭍에만 오르면 여자에 술에…."

홈즈가 눈짓을 하기에 나는 노파의 말을 자르며 반지를 내밀었다.

"소여 부인, 반지 여기 있습니다. 따님의 물건이라니 다행이군요. 주인을 찾게 되어서 저도 기쁩니다."

노파는 들릴 듯 말 듯한 목소리로 감사와 축복의 말을 웅얼거렸다. 그런 뒤 반지를 주머니에 넣고 발을 질질 끌며 복도를 지나갔다. 노파가 나가자마자 홈즈는 자리에서 벌떡 일어나 그의 방으로 달려갔다. 몇 초 후 그는 외투와 목도리를 두른 모습으로 나타났다.

"지금부터 미행을 해야겠네. 저 사람은 틀림없이 공범에게로 갈 거야. 내가 올 때까지 자네는 여기서 기다리게나."

1층 현관문이 닫히는 소리가 나자 홈즈는 계단으로 달려 나갔다. 창문으로 내려다보니 노파는 맞은편 길을 힘없이 걸어가고 있었다. 홈즈는 약간 거리를 둔 채 그 뒤를 따르고 있었다.

'홈즈의 추측이 맞다면 이제 곧 수수께기가 풀리겠군.'

홈즈는 내게 기다리라는 말을 남길 필요가 없었다. 홈즈의 무용담을 듣기 전까지는 잠이 올 리 없었으니까. 홈즈가 밖으로 나간 것은 9시가 다 되어서였다. 그가 언제 돌아올지 알 수는 없었지만, 나는 멍하니 앉아 파이프 담배를 피우며 알리 뮈르제르의 『보헤미안의 생활』을 뒤적이고 있었다. 밤 10시가 지나자 하녀가 방문 앞을 지나 자러 가는 발소리가 들렸다. 11시에는 하숙집 주인아주머니가 침실 쪽으로 가는 묵직한 발소리가 들렸다.

자정이 가까운 시각, 날카롭게 현관문을 여는 소리가 들려왔다. 그런데 홈즈가 방 안으로 들어서는 순간 나는 일이 잘못되었다는 것을 알아챘다. 홈즈의 얼굴이 묘하게 일그러져 있었기 때문이다. 웃는 얼굴인가 싶어서 보니 분함이 가득한 얼굴이기도 했다. 잠시 후 홈즈는 큰 소리로 웃기 시작했다.

"이 일은 런던 경찰청 형사들에게 비밀로 해야 해."

그는 의자에 털썩 주저앉으며 중얼거렸다.

"내가 그들을 한껏 약올려놨기 때문에 내 이야기를 듣고 나면 나를 비웃고 싶어 안달할 테니까. 하지만 나는 얼마든지 그들을 제칠 수 있어."

"도대체 어떻게 됐나?"

궁금증이 가득한 얼굴로 내가 묻자 홈즈는 한결 편안해진 얼굴로 말했다.

"실패담이라고 해서 말 못할 건 없지. 그 노파는 다리를 질질 끌면서 온갖 아픈 행세를 다하더군. 그러더니 지나가는 사륜마차를 불러 세웠어. 나는 노파가 말하는 주소를 들으려고 가까이 갔지만 사실 그럴 필요가 없었네. 노파가 건너편에서도 들을 수 있을 만큼 아주 큰 소리로 주소를 말했거든. '하운즈디치 던컨가 13번지로 갑시다.'라고. 노파가 마차에 타자 나는 그 마차 뒤에 매달려 탔어."

"위험하지 않았나?"

내가 놀라서 묻자 홈즈는 미소를 지으며 말했다.

"탐정이라면 그 정도 기술쯤은 있어야지. 던컨가에 도착할 때까지 마차는 한 번도 멈추지 않고 달렸네. 나는 목적지에 도착하기 직전에 마차에서 뛰어내렸어. 그러곤 마치 아무 일도 없었다는 듯이 어슬렁거렸지. 마차는 곧 어느 집 앞에 멈춰 섰어. 마부가 뛰어내리더니 마차 문을 열고 노파가 내리기를 기다리더군. 그런데 황당한 일이 일어났어. 세상에! 마차 안이 텅 비어 있었던 거야."

"어떻게 그런 일이?"

"가까이 다가가보니 화를 참지 못한 마부가 욕지거리를 퍼붓고 있더군. 요금을 받지 못했으니 화가 날 법도 하지. 어디를 봐도 노파의 흔적은 없었네."

"그럴 수가!"

"아무튼 나는 13번지에 가서 노파에 대해 물어봤네. 집주인은 캐스윅이라는 점잖은 표구업자였어. 그는 소여나 데니스라는 사람을 전혀 모른다고 하더군."

"아니, 그렇다면 다리도 부실한 힘없는 노파가 달리는 마차에서 뛰어내렸단 말인가?"

"노파는 무슨!"

홈즈가 날카롭게 말했다.

"그따위 속임수에 넘어간 우리가 노파나 다름없지. 그 자는 분명히 젊은 놈이었을 거야. 그것도 아주 연기력이 좋은 배우였겠지. 변장은 최고라고 할 정도로 훌륭했어. 그자는 내가 자기를 미행한다는 사실을 알고 나를 따돌린 게 분명해. 범인에게는 위험을 무릅쓰고라도 그를 도우려는 친구가 많은 것 같아."

분한 듯 몸을 부르르 떨던 홈즈는 내 얼굴을 슬쩍 보더니 걱정스러운 표정으로 말했다.

"자네, 아주 피곤해 보이는군. 이제 그만 쉬게나."

그때 나는 몹시 피곤한 상태였기 때문에 홈즈를 홀로 둔 채 침실로 향했다. 홈즈는 오랫동안 자지 않고 연기를 내며 타오르는 벽난로 앞에 앉아 있었다. 그날 밤, 음울하고 슬픈 바이올린 소리가 끊임없이 희미하게 울려 퍼졌다. 홈즈는 이 기묘한 사건에 대해 끝없이 생각했던 것이다.

토비어스 그렉슨의 추리

다음 날 발행된 신문들은 이 사건을 '브릭스턴가의 수수께끼'라는 제목으로 크게 보도했다. 어떤 신문에는 그에 대한 사설까지 다루었다. 신문 기사들 중에는 내가 몰랐던 정보도 있었다. 나는 그 사건에 대한 기사를 여러 개 스크랩해두었는데, 그중 몇 가지를 요약하면 다음과 같다.

〈데일리 텔레그라프〉는 이처럼 기괴한 비극은 범죄역사상 그 예를 찾아보기 힘들다고 전했다. 피해자의 이름인 이녹이 독일식이라는 점, 뚜렷한 살해 동기가 없다는 점, 벽에 남겨진 섬뜩한 글자 등을 종합해볼 때 정치적 망

명자나 혁명가가 저지른 범행일 가능성이 크다고 주장했다. 미국엔 수많은 사회주의 단체가 있는데, 피해자는 그들의 불문율을 어긴 결과 살해당했다는 것이다.

그리고 이 신문은 중세의 비밀 재판 제도인 벰게리히트, 서서히 효과를 발휘하는 독약인 아쿠아 토파나, 이탈리아 공화당의 비밀 결사인 카르보나리, 프랑스의 악명 높은 여자 살인마 브랑빌리에 후작 부인, 심지어는 다윈의 진화론, 래트클리프 하이웨이 살인 사건에 대해서까지 장황하게 떠들어댔다. 그리고 정부는 영국에 거주하는 외국인에 대해 철저히 감시해야 한다는 경고로 기사를 끝맺었다.

〈스탠다드〉는 불법적이고 난폭한 행위는 대부분 자유주의적 행정에서 일어난다는 사실을 지적했다. 이런 사건은 불안한 군중 심리로 권위가 실추되는 데에 그 원인이 있다는 것이다. 피해자는 몇 주 동안 런던에 체재하고 있던 미국인 신사로, 캠버웰의 토웨이 테라스에 소재한 차펜티어 부인의 하숙집에서 머물렀다. 그의 개인 비서인 조셉 스탠거슨 씨와 함께 여행 중이었는데, 두 사람은 지난 화요일에 하숙집 주인에게 작별 인사를 하고 떠났다는 것이었다. 이들은 리버풀행 급행열차를 타러 유스턴역으로 향했으며 이들의 모습은 기차에서 목격되었다. 이후 이들의 행적에 대해서는 알려진 바가 없다. 드레버 씨가 왜 역에서 몇 킬로미터나 떨어진 브릭스턴가의 빈집에서 시체로 발견되었는지, 어떻게 범인과 관련이 있는지에 대해서는 오리무중 상태이며 스탠거슨의 행방 역시 아직 알려지지 않았다. 또한 이 신문은 런던 경찰청 소속 형사 레스트레이드와 그렉슨이 이 사건의 수사를 맡게 된 것은 매우 다행스러운 일이라고 평가했다. 그리고 명성 높은 두 형사가 사건을 빨리 해결할 것을 기대한다고 적었다.

〈데일리 뉴스〉는 이 사건이 정치적인 범죄가 분명하다고 단정지었다. 전제 정치와 유럽 각국에서 활개를 치고 있는 자유주의에 대한 혐오로 수많은 사람이 영국으로 몰려오고 있는데, 이들 대부분은 자기가 겪은 일에 불만을 품고 있다는 것이었다. 그런데 이들 집단 내부에는 엄격한 내부 규율이 있어서 이것을 어길 시에는 죽음으로 벌을 받는다고 했다. 그리고 수사의 급선무는 일단 비서 스탠거슨을 찾아 피살자에 관한 정보를 수집하는 것이라고 강조했다. 또 피해자가 하숙했던 집을 찾아낸 것은 수사상 큰 진전이라며 칭찬을 아끼지 않았다. 또 이것은 런던 경찰청의 열정적인 민완 형사 그렉슨의 공이라고 했다.

홈즈와 나는 아침 식사를 하며 이들 기사를 읽었는데, 그는 재미있어하는 표정이었다.

"내가 얘기했지? 일이 어떻게 돌아가든 모든 공은 레스트레이드와 그렉슨에게 돌아갈 거라고."

"그거야 결과에 따라 다르겠지."

"아니 그건 전혀 중요하지 않아. 만약 범인이 잡히면 그건 두 형사의 노력 덕분이고, 사건을 해결하지 못하면 노력이 수포로 돌아간 것이 될 테니까 어떤 결과를 맞더라도 결과는 같다는 거지."

"대체 왜?"

"아주 간단해. 그들 주변에는 무슨 일을 하든 추종하는 자가 있기 때문이야. '바보에게 감탄하는 더 멍청한 바보는 항상 끊이지 않는다.'라는 프랑스 속담도 있지 않은가?"

바로 그때였다. 아래층 현관에서 사람들이 우르르 몰려드는 발소리가 났다. 이어서 하숙집 아주머니의 화난 목소리가 울려 퍼졌다.

"잠깐, 이게 무슨 소리지?"

내가 놀란 얼굴로 말하자 홈즈가 진지한 표정으로 답했다.

"베이커가의 소년 탐정단이라네."

그의 말이 끝나기가 무섭게 방문이 활짝 열리더니 꾀죄죄한 누더기 차림의 부랑아 여섯 명이 방 안으로 들어섰다.

"차렷!"

홈즈가 기다렸다는 듯이 날카로운 소리로 명령했다. 그러자 몹시 지저분한 데다 불량스러워 보이기까지 한 여섯 명의 소년이 일제히 조각상이 된 것처럼 부동자세를 취했다.

"앞으로는 보고할 일이 있으면 위긴스만 올라오도록 해라. 나머지는 모두 길에서 기다리도록!"

홈즈가 엄한 목소리로 명령하자 아이들은 고개를 끄덕였다.

"뭘 좀 찾아낸 게 있나?"

"아직 못 찾았습니다. 선생님."

한 소년이 대답했다.

"그래? 하는 수 없지. 하지만 찾아낼 때까지 포기해선 안 된다. 자, 이건 선물이다."

홈즈는 아이들 한 명당 1실링씩을 쥐여주었다.

"자, 이제 돌아가라. 다음에는 보다 나은 정보를 가져오도록 한다."

홈즈가 손짓하자 아이들은 쥐처럼 조르르 계단을 달려 내려갔다. 곧 거리에서 그들이 떠드는 목소리가 들려왔다.

"저 아이들 하나가 경찰 열둘보다 나을 때가 있다네. 사람들은 경찰 제복만 봐도 입을 다물어버리지. 하지만 저 아이들은 어디든 갈 수 있고, 어떤 일이든 파헤친다네. 그리고 바늘처럼 날카롭지. 그걸 종합하는 힘이 부족하지만."

"브릭스턴가의 사건 때문에 아이들이 움직이고 있나?"

"꼭 확인하고 싶은 게 있어서 말이야. 밝혀지는 건 시간 문제라네."

내가 궁금해하는 얼굴로 쳐다보자 창밖을 내다보던 홈즈가 빙그레 웃으면서 이어 말했다.

"이런! 이제 깜짝 놀랄 얘기를 들을 수 있을 것 같군. 저기 그렉슨이 싱글거리며 오고 있네. 분명 우리한테 오는 거겠지. 그렇지. 바로 문 앞에 섰군."

아니나 다를까? 벨소리가 요란스럽게 울렸다. 그리고 금발의 그렉슨이 한 번에 세 계단씩 성큼성큼 올라오는 발소리가 들렸다. 그는 곧바로 우리 거실로 들어오더니 홈즈의 손을 덥석 움켜쥐었다.

"홈즈 선생, 축하해주시오. 내가 사건을 완전히 해결했다오."

그렉슨이 들뜬 목소리로 말했다. 하지만 홈즈의 얼굴에는 불안한 빛이 감돌았다.

"중요한 단서라도 잡았습니까?"

"단서 정도가 아니라 범인을 체포했습니다."

그렉슨의 말에 난 깜짝 놀랐지만 홈즈는 침착한 목소리로 말했다.

“범인의 이름은 무엇입니까?”

“아서 차펜티어라는 해군 중사입니다.”

그렉슨은 자신감이 한껏 넘치는 얼굴로 가슴을 쭉 펴더니 살이 두툼하게 오른 두 손을 마구 비벼댔다. 홈즈는 안도의 한숨을 내쉬더니 피식 웃으며 말했다.

“일단 여기 앉아서 잎담배라도 피우시면서 어떻게 범인을 잡았는지 말씀해주세요. 자, 위스키를 좀 드시겠습니까?

“그거 좋지요. 지난 이틀 동안 어찌나 바빴는지 피곤해서 죽을 지경입니다. 육체적으로 힘들다기보다 머리를 너무 써서 신경이 날카로워져 있어요. 홈즈 선생도 잘 아시죠? 우리는 두뇌 노동자니까요.”

“저까지 그렇게 봐주시니 영광입니다.”

홈즈가 정색하며 이어 말했다.

“그럼 이제 어떻게 그처럼 만족스러운 결과를 얻게 되었는지 이야기를 좀 들어볼까요?”

그렉슨은 한결 여유로워진 표정으로 안락의자에 앉더니 맛있다는 듯이 잎담배를 피웠다. 그는 잠시 후에 아주 우습다는 듯 자기의 허벅지를 철썩 때리며 말했다.

"우스운 건 바로 레스트레이드입니다. 그는 자기가 훌륭한 형사라며 잘난 척하고 있지만, 어리석게도 지금 얼토당토않은 단서를 뒤쫓고 있습니다. 그 누구냐, 행방불명된 비서 스탠거슨을 뒤쫓고 있다니까요."

그렉슨은 그 생각이 매우 재미있는지 숨이 넘어갈 듯이 웃어댔다.

"그런데 어떻게 단서를 잡으신 거지요?"

"아, 이제 설명해드리지요. 왓슨 박사님도 내 말을 잘 들으십시오. 참, 이건 우리만의 비밀이란 걸 꼭 기억하십시오."

그는 우리에게 다짐이라도 받으려는 듯 힘주어 말했지만 속마음이 어떤지는 알 수가 없었다.

"우리가 직면한 어려움은 피살된 미국인의 신원을 어떻게 밝혀내느냐였습니다. 뭐, 형사들 중에는 신문에 광고를 내서 반응을 기다리거나, 사건 관계자가 제 발로 걸어 나오기를 기다리는 사람도 있습니다만, 저 토비어스 그렉슨은 그런 방법은 쓰지 않습니다. 홈즈 선생, 시체 옆에 떨어져 있던 모자를 기억하십니까?"

"물론입니다. 그건 캠버웰가 129번지의 존 언더우드 앤 선즈 회사 제품이었지요?"

그렉슨 형사는 보기에도 가엾을 정도로 실망했다.

"설마 홈즈 선생도 눈치채셨을 줄이야. 그래서 거기에 가보셨나요?"

"아니, 안 갔습니다."

그렉슨은 마음이 놓인다는 듯한 목소리로 말했다.

"저런, 선생은 아주 좋은 기회를 놓치신 겁니다. 제아무리 시시해 보이는 것이라도 절대 놓쳐서는 안 되지요."

"위대한 정신에 시시한 것은 없습니다."

홈즈는 격언을 인용하는 투로 말했다.

"그래서 나는 언더우드 상회로 가서 모자의 크기와 특징을 말하고 그런 모자를 판 적이 있느냐고 물어봤지요. 주인은 장부를 보더니 바로 찾아내더군요. 그 모자는 토퀘어 테라스에 있는 차펜티어 씨 집에서 하숙하고 있는 드레버에게 팔린 것입니다. 이렇게 드레버의 주소를 알아냈지요."

"음, 훌륭합니다. 아주 훌륭해요."

홈즈가 작은 목소리로 중얼거렸다.

"그런 다음에 나는 차펜티어 부인을 찾아갔습니다. 부인은 뭔가 걱정거리라도 있는 듯 안색이 좋지 않았습니다. 딸을 만났는데 어머니를 닮아 굉장한 미인이었습니다. 내가 이야기를 꺼내자 딸의 눈이 금세 붉어지더니 입술이 바르르 떨렸습니다. 내가 누굽니까? 바로 그런 점을 놓칠 리가 없지요. '아하, 이 사건과 무슨 연관이 있구나' 하고 알아챘습니다. 홈즈 선생도 잘 아시죠? 제대로 된 단서를 찾았을 때의 그 짜릿함!"

홈즈는 별다른 표정 변화 없이 그렉슨의 이야기를 듣기만 했다. 다음은 그렉슨이 전한 이야기를 정리한 것이다.

*

그렉슨이 차펜티어 부인에게 물었다.

"이곳에서 머물렀던 클리블랜드시의 이녹 J. 드레버가 의문의 죽음을 당한 사실을 알고 있습니까?"

초췌한 얼굴의 부인은 조용히 고개를 끄덕였다. 그런데 그때 갑자기 딸이 울음을 터뜨렸다. 그렉슨은 속으로 생각했다.

'이 두 여자가 사건에 대해 중요한 정보를 알고 있는 게 분명해. 그런데 이들은 드레버의 죽음이 슬퍼서 우는 것만이 아닌 것 같군.'

그렉슨은 속마음을 감추고 다시 질문을 이어갔다.

"드레버 씨는 몇 시에 역으로 나갔습니까?"

"8시쯤에요."

부인은 마음의 동요를 숨기려는 듯 입술을 꽉 깨물며 말했다.

"비서인 스탠거슨 씨가 출발 기차가 둘 있다고 했어요. 저녁 9시 15분과 11시에 출발하는 기차지요. 그는 먼저 출발하는 기차를 타기로 했습니다."

"드레버 씨를 마지막으로 본 게 그때였습니까?"

그렇게 묻자 부인의 얼굴빛이 단번에 흙빛으로 변했다.

잠시 후에 간신히 "네."라고 대답했을 뿐이다. 그러자 딸이 안정을 되찾은 듯 또렷한 목소리로 말했다.

"어머니, 거짓말하면 나중에 더 곤란해져요. 사실대로 말하세요. 사실 그 뒤로도 드레버 씨를 만났어요."

"오, 하느님!"

부인은 두 팔을 번쩍 쳐들더니 의자에 몸을 기대며 소리쳤다.

"너는 오빠를 죽일 셈이냐?"

"아서 오빠도 틀림없이 진실을 말하기를 바랄 거예요."

딸은 부인을 보며 단호하게 말했다. 둘 사이에 흐르는 팽팽한 신경전은 그렉슨의 호기심을 더욱 자극했다.

"이제 아는 걸 전부 말하는 것이 나을 겁니다. 얘기를 꺼냈다 그만둘 거면, 아예 꺼내지도 말았어야죠. 그리고 짐작하고 계시겠지만, 경찰의 수사도 꽤 진척돼 있습니다."

"앨리스, 다 네 잘못이야."

부인은 그렇게 말하더니 체념한 얼굴로 그렉슨 쪽을 바라보았다.

"형사님, 다 말씀드릴게요. 하지만 절대 오해하지는 마십시오. 제가 이렇게 정신이 없는 건 제 아들이 끔찍한 짓을 저질렀다고 생각하기 때문이 아닙니다. 그 아이에게는 죄가 없습니다. 형사님의 얼굴을 보니 그 애가 혹시라도 다칠 수 있다는 생각이 들어 무섭기만 합니다. 제 아들은 성격도 좋고, 직업과 경력도 나무랄 데가 없다는 걸 알아주세요."

"무슨 일이 있었는지 숨김없이 말하는 게 좋을 겁니다. 아드님이 결백하다면 아무것도 겁낼 것이 없으니까요."

그랙슨은 부드러운 어조로 말하며 부인을 안심시켰다. 부인은 크게 심호흡하며 고개를 끄덕였다.

"얘야, 너는 잠깐 나가 있어라."

딸이 방 밖으로 나가자 부인은 한결 편해진 목소리로 입을 열었다.

"이 얘기를 다 털어놓을 생각은 아니었는데, 제 딸아이가 먼저 말해버렸으니 더는 숨길 방법도 없겠군요. 이제 사소한 것 하나까지 빠뜨리지 않고 말씀드리겠습니다."

"현명한 생각입니다."

"드레버 씨는 우리 집에 3주 정도 머물렀습니다. 이곳에 오기 전에 그는 스탠거슨 씨와 유럽 여행을 다녔다고 하더군요. 그분들의 여행 가방마다 코펜하겐 라벨이 붙어 있는 걸로 봐서 그곳이 마지막 여행지였던 것 같습니다."

"두 사람의 성격은 어땠습니까?"

"스탠거슨 씨는 조용하고 점잖은 사람이었어요. 하지만 드레버 씨는 그와는 정반대로 태도가 매우 거칠고 사람됨이 별로였어요. 솔직히 말하자면 야비하고 상스럽기 짝이 없었어요. 우리 집에 도착한 날 밤에도 술을 진탕 마시고는 무례하게 행동했습니다. 게다가 한낮에도 술에 잔뜩 취해 있었습니다. 그런 상태에서 하녀들을 집적거리고 희롱했으니 제 속이 어땠겠습니까? 문제는 점점 더 심각해져서 급기야는…."

화가 치밀어 오르는지 부인의 얼굴은 부들부들 떨리기까지 했다.

"제 딸아이에게도 똑같이 무례하게 굴었습니다. 앨리스에게 몇 번이나 희롱하는 말을 지껄이더라니까요. 하지만 앨리스는 그 말이 무슨 뜻인지도 모를 정도로 순진한 아이랍니다. 한번은 앨리스의 팔을 잡아당겨 강제로 끌어안

기도 했습니다. 그 모습을 본 스탠거슨 씨가 신사답지 못한 행동이라고 주인을 나무라기까지 했어요."

"그런데 왜 참고 계셨죠? 마음에 들지 않으면 내쫓을 수도 있었을 텐데."

그렉슨이 이상하다는 듯이 묻자 부인의 얼굴이 금세 붉게 달아올랐다.

"처음 온 날 주의를 드렸으면 좋았겠지만, 강한 유혹이 있었습니다. 하숙비를 하루에 1파운드씩 준다고 했죠. 두 분이니까 일주일에 14파운드가 되는 셈이죠. 지금은 다들 살기가 힘들잖아요. 저는 홀몸인 데다 해군에 있는 아들에게도 돈이 들어가서 솔직히 그 돈이 너무 필요했어요. 그래서 폭발할 것 같은 감정도 꾹 참으며 하루하루를 견뎠던 겁니다. 하지만 참는 데도 한도가 있는 법이어서 그만 나가달라고 했어요. 그래서 나가게 된 것이지요."

"그다음엔 어떻게 됐습니까?"

"그가 떠나자 속이 후련하더군요. 사실 그때 휴가를 받은 아들이 집에 와 있었지만 저는 그 이야기를 하지 않았어요. 그 아이는 제 동생을 끔찍하게 생각하거든요. 혹시라도 성질이 불같은 아들 녀석이 그 이야기를 듣고 무슨 일이라도 벌일까 걱정되었기 때문이죠. 그들이 떠난 뒤 저는 마음의 짐을 던 것 같아 속이 시원했죠. 그런데 그들이 떠난 지 한 시간도 채 안 돼서 벨소리가 울렸습니다. 드레버 씨가 돌아온 거였어요. 그는 잔뜩 취한 데다 많이 흥분한 상태더라고요. 그는 막무가내로 딸과 제가 있는 방에 들어오더니 기차를 놓쳤다며 횡설수설하기 시작했습니다. 그러더니 갑자기 앨리스에게 함께 떠나자고 했어요. 아니, 제 엄마가 보는 앞에서 그렇게 말하는 사람이 어디에 있답니까?"

"그자가 뭐라고 말하던가요?"

"'너도 이제 어른이니 법으로도 막을 수 없는 일이다. 돈이라면 썩을 만큼 가지고 있어. 저기 있는 할망구 같은 건 걱정할 것 없으니 지금 바로 나가자. 여왕처럼 살게 해줄 테니.'라고요. 가엾게도 앨리스는 겁에 질려 뒷걸음질 쳤습니다. 그런데도 드레버 씨는 딸아이의 손목을 잡고 억지로 현관 쪽으로 끌고 가려고 했습니다. 나는 비명을 질렀죠. 그러자 아들인 아서가 달려왔어요. 그다음부터는 무슨 일이 일어났는지 몰라요. 비명 소리와 격렬하게 싸우는 소리가 들려왔어요. 무서워서 얼굴을 들 수가 없었어요. 간신히 얼굴을 들고 보니 아서가 손에 지팡이를 든 채로 문 앞에 서서 웃고 있더군요."

"지팡이를요?"

"아서는 '저 녀석이 다시는 우리를 괴롭히는 일이 없을 거예요.'라고 당당하게 말했지요. 그런 뒤에 '그놈이 무슨 짓을 하는지 쫓아가봐야겠어요.'라고 말하더니 말릴 새도 없이 모자를 들고 밖으로 나갔습니다."

이야기를 하는 동안 부인은 몇 번이나 숨을 헐떡이기도 하고, 한숨을 쉬기도 했다. 너무 낮은 목소리로 말했기 때문에 하마터면 놓칠 뻔한 곳도 많았다. 하지만 부인의 이야기를 모두 속기로 기록해두었으니 틀림없을 것이다.

*

"오호, 아주 흥미롭군요."

말과는 달리 홈즈가 따분한 표정으로 하품하며 물었다.

"그래서 어떻게 하셨죠?"

"차펜티어 부인의 말이 끝났을 때 나는 직감했습니다. 한 가지 사실만 확인하면 사건은 다 풀린 거나 다름없다고 말입니다. 그래서 부인의 얼굴을 가만히 쳐다보면서 물었습니다. 아서가 몇 시에 들어왔느냐고요. 부인은 모른다고 대답하더군요."

"모른다고요?"

"아서가 현관 열쇠를 가지고 있어서 직접 문을 열고 들어오기 때문이라는 거죠. 그래서 나는 부인이 몇 시에 잠자리에 들었느냐고 물었지요. 11시라더군요."

"그럼 적어도 두 시간 동안은 밖에 있었던 거로군요?"

"네 시간이나 다섯 시간이 될 수도 있겠지요. 그 시간 동안 아들이 무슨 일을 했느냐고 물었지만 부인은 또 모른다고 답했습니다. 그래서 나는 경찰관 두 명을 동행하고 차펜티어 중사를 찾아내 체포했습니다."

"순순히 잡히던가요?"

내가 묻자 그렉슨은 어깨를 으쓱하며 대답했다.

"내가 그자의 어깨를 툭 치면서 따라오라고 했더니 그

는 뻔뻔스럽게 '내가 드레버라는 악당 놈의 죽음과 관련이 있다고 생각하는군요.'라고 말하더군요. 우리 중 누구도 드레버의 이야기를 꺼내지 않았는데도 그렇게 말하는 걸 보니 매우 의심스러웠습니다."

"정말 그렇군요."

홈즈가 고개를 끄덕이며 말했다.

"그는 그때까지도 드레버를 쫓아갔을 때 가지고 갔다던 무거운 지팡이를 들고 있었습니다. 아주 굵은 참나무 몽둥이였어요."

"그러면 당신의 가설은 뭡니까?"

홈즈가 그렉슨의 얼굴을 빤히 보면서 물었다.

"내 추리는 이렇습니다. 우선 그는 브릭스턴가까지 드레버의 뒤를 쫓아갔습니다. 거기서 두 사람은 옥신각신 말다툼을 벌였겠지요. 그러다 드레버는 중사가 휘두르는 몽둥이에 맞아 즉사한 겁니다. 그래서 상처도 남지 않았지요. 만약 몸통을 맞았다면 분명히 상처가 남았겠지요. 그날 밤에는 비가 많이 와서 거리에 행인이 없었어요. 그래서 아서는 자기가 살해한 드레버의 시체를 빈집에 끌어다 놓은 겁니다. 예의 초와 핏자국 그리고 피로 벽에 쓴 글자와 여성용 반지는 모두 경찰의 판단을 흐리게 하려는 속임수에 지나지 않습니다."

홈즈가 감탄했다는 듯이 말했다.

"정말 대단하군요. 그렉슨 씨, 대단한 공을 세웠군요. 앞으로의 활약이 더욱 기대됩니다."

그렉슨이 자랑스럽다는 듯이 말했다.

"그 청년은 묻지도 않았는데 이야기를 꺼내더군요. 자기가 드레버를 뒤쫓아가자 드레버는 미행당한다는 사실을 눈치챘는지 마차를 타고 도망치더랍니다. 그래서 중사는 집으로 돌아가고 있었는데 오래전에 알고 지내던 선원을 만났답니다. 두 사람은 한참 동안 산책을 했고요."

"그 선원은 어디에 산답니까?"

홈즈의 질문에 그렉슨은 눈을 반짝이면서 말했다.

"나도 그 점에 대해서 물었습니다. 하지만 그 친구는 속시원하게 답하지 못하더군요. 정말 희한할 정도로 앞뒤가 딱 떨어지지 않습니까?"

그 순간 그렉슨은 또다시 키득거리며 이어 말했다.

"그런데 생각할수록 우스운 점이 있어요. 레이스트레이드가 완전히 헛다리를 짚었다는 사실입니다. 그 친구가 허탕을 치고 돌아올 걸 생각하면 걱정스럽기까지 하다니까요."

그때였다. 계단을 급히 올라오는 소리가 쿵쿵거리며 울렸다.

"어이쿠, 호랑이도 제 말하면 온다더니 레스트레이드군요."

틀림없이 레스트레이드였다. 우리가 이야기에 빠져 있는 동안 그는 현관문을 열고 계단을 올랐던 것이다. 평소에는 행동에 자신감이 넘치고 옷도 단정했지만 오늘은 어딘지 초라해 보이는 모습이었다. 그는 난처한 표정을 짓고 있었으며 옷도 흐트러져 있었다. 아무래도 홈즈의 의견을 들으러 온 듯했다. 하지만 그 자리에 그렉슨이 먼저 와 있는 것을 보고 흠칫 놀라는 눈치였다. 그렉슨의 의기양양한 표정을 본 레스트레이드는 당황한 나머지 한동안 애꿎은 모자만 만지작거릴 뿐이었다. 드디어 레스트레이드가 입을 열었다.

"이렇게 이상한 사건은 난생처음입니다."

그렉슨은 기쁘다는 듯이 외쳤다.

"오, 그 사실을 이제야 알았나, 레스트레이드? 언젠가는 그렇게 생각할 줄 알았네만, 그나저나 스탠거슨은 찾았나?"

레스트레이드는 금방이라도 울 것 같은 얼굴이 되며 말했다.

"비서 조셉 스탠거슨은 오늘 아침 6시경 할리데이 프라이빗 호텔에서 살해된 모습으로 발견되었다네."

두 번째 살인 사건

레스트레이드가 우리에게 전한 정보는 정말 생각지도 못한 것이었다. 우리 모두 너무 놀란 나머지 한참 동안 입을 다물고 있었다. 얼마나 지났을까. 자리에서 벌떡 일어서던 그렉슨이 마시다 남은 위스키를 쏟아버렸다. 나는 홈즈를 쳐다보았다. 그는 입을 꾹 다문 채 이맛살을 찌푸리고 있었다.

"스탠거슨도 살해당했다는 건가? 일이 복잡해졌군."

홈즈가 중얼거렸다.

"안 그래도 복잡한 사건이었습니다. 아무래도 제가 수사 회의를 방해한 것 같군요."

레스트레이드가 중얼거라며 의자를 자기 쪽으로 끌어당겼다.

"자네, 그거 틀림없는 정보겠지?"

그렉슨이 말하기 거북한 듯이 물었다.

"스탠거슨이 묵던 방에서 여기로 바로 온 걸세. 처음 시체를 발견한 사람도 날세."

레스트레이드가 말했다.

"그렉슨의 의견을 듣던 중이었소. 괜찮다면 당신이 보고 들은 걸 좀 얘기해주지 않겠소."

"그러죠. 솔직히 말하자면 지금까지 드레버 살인 사건에 스탠거슨이 관계된 것이 아닌가 생각하고 있었습니다. 그런데 참 생각지도 못했던 쪽으로 일이 전개됐습니다. 나는 완전히 헛다리를 짚은 셈이지요. 내 눈에는 스탠거슨밖에 보이지 않았습니다. 그래서 그를 찾으려고 혈안이 되어 수사를 했죠."

비록 침통한 표정이긴 했지만 레스트레이드는 침착하게 이야기를 이어갔다. 다음은 레스트레이드가 전한 이야기다.

*

레스트레이드는 3일 밤 8시 30분경에 유스턴 역에서 드레버와 스탠거슨을 목격한 사람이 있다는 사실을 알아냈다. 그리고 다음 날 새벽 2시에 브릭스턴가에서 드레버가 시체로 발견되었다는 사실에 주목하고 스탠거슨의 알리바이를 알아내는 데 주력했다. 저녁 8시 30분부터 범죄가 발생한 시간까지 스탠거슨이 무슨 일을 했는지 알아내는 것이 사건 해결의 관건이라고 생각한 것이다. 레스트레이드는 일단 리버풀로 전보를 쳐서 스탠거슨의 인상착의를 자세히 설명했다. 그리고 혹시라도 그런 인물이 미국 배에 타려고 하면 예의 주시하라고 경고했다. 그런 다음 유스턴 부근에 소재한 호텔과 하숙집을 상대로 탐문수사에 들어갔다. 만약 드레버와 스탠거슨이 따로 떨어져 행동했다면, 스탠거슨은 그 근방에서 숙박했을 것이 분명하다고 판단했기 때문이다. 그리고 다음 날 아침에 스탠거슨이 다시 역에 나타날 거라고 믿었다.

*

"그런 경우라면 미리 만날 장소를 정했겠죠?"

홈즈가 중간에 끼어들어 자신의 생각을 말했다.

"말씀하신 대로였습니다. 어제 밤새도록 돌아다니며 조사해보았지만 결국 헛수고였습니다. 그래서 오늘은 새벽부터 움직이기로 하고 아침 8시에 리틀 조지가에 있는 할리데이 프리이빗 호텔에 도착했습니다."

레스트레이드는 심각한 표정으로 말을 이었다.

*

레스트레이드는 곧장 호텔 프런트로 다가가 직원에게 물었다.

"혹시 조셉 스탠거슨이라는 사람이 투숙하고 있습니까?"

"아하, 손님께서 기다리던 분이군요. 스탠거슨 씨께서는 어떤 신사분이 자기를 찾아올 거라며 이틀 동안이나 기다리셨습니다."

직원은 반가운 표정으로 말했다.

"그 사람은 지금 어디에 있습니까?"

레스트레이드는 흥분을 애써 감추며 물었다.

"위층 객실에서 주무시고 계십니다. 9시에 깨워달라고 하셨습니다."

"지금 당장 그를 만나야겠소."

레스트레이드는 그 즉시 스탠거슨을 만나야 한다고 생각했다. 갑자기 들이닥치면 그가 당황한 나머지 솔직하게 사실을 털어놓을 것 같았기 때문이다. 그때 호텔의 구두닦이가 자진해서 안내해주겠다며 앞으로 나섰다.

레스트레이드는 작은 복도를 지나 2층에 있는 스탠거슨의 방으로 향했다. 구두닦이는 스탠거슨이 투숙한 방을 손가락으로 가리키고는 뒤돌아섰다. 그런데 바로 그때였다. 속이 뒤집힐 것 같은 메스꺼운 장면이 레스트레이드의 눈 속으로 파고들었다. 20년 동안이나 경찰 생활을 한 그마저도 참기 힘들 정도로 구역질나는 장면이었다. 스탠거슨의 방문 밑으로 흘러나온 검붉은 피가 복도 맞은편의

벽 아래쪽에 고여 있었던 것이다.

레스트레이드는 자신도 모르게 소리를 지르고 말았다. 그 소리에 놀란 구두닦이가 황급히 달려왔다. 불행한 사건이 벌어진 것이라고 판단한 레스트레이드는 방문을 열기 위해 문고리를 돌렸다. 하지만 방문은 안에서 잠겨 있어 꼼짝도 하지 않았다. 하는 수 없이 레스트레이드와 구두닦이는 어깨로 힘껏 방문을 밀었다.

그들이 방 안으로 들어가니 창문이 활짝 열려 있었고, 창가에는 마구 흩어진 물건들과 함께 잠옷을 입은 남자의 시체가 바닥에 누워 있었다. 팔다리가 차갑게 굳은 것으로 보아 남자는 죽은 지 오래된 것이 분명했다. 레스트레이드가 시체를 돌려 눕히자 구두닦이가 소리쳤다.

"이분은 조셉 스탠거슨 씨입니다. 이 방에 투숙한 손님이 맞아요."

레스트레이드는 무릎을 꿇은 채 시체의 상태를 살펴보았다. 시체의 왼쪽 가슴에는 깊은 칼자국이 있었다. 칼이 심장을 뚫은 것이 분명해 보였다. 그것이 바로 남자의 사인인 셈이었다.

*

멈추지 않고 이야기를 이어나가던 레스트레이드는 목이 마른지 옆에 놓여 있던 컵에 물을 따라 벌컥벌컥 들이켰다. 그리고 마치 중대한 비밀을 알고 있는 어린아이처럼 눈을 빛내며 입을 열었다.

"그런데 기묘하기 짝이 없는 것이 눈에 띄었습니다. 시체 위에 뭐가 있었는지 아시겠습니까?"

나는 등줄기가 오싹해졌다. 홈즈가 대답하기 전부터 두려운 예감 때문에 몸이 떨려왔다.

"피로 쓴 RACHE라는 글자겠죠."

홈즈가 대답했다.

"오, 맞습니다."

레스트레이드가 존경과 두려움이 섞인 목소리로 말했다. 그 뒤로 네 사람은 한동안 입을 열지 않았다. 베일에 싸인 살인자의 범행은 극히 계획적이면서도 도무지 종잡을 수 없는 구석이 있었다. 바로 그렇기 때문에 사건이 더욱 기분 나쁘게 느껴졌다. 그 생각이 몰려들자 피비린내가 진동하는 전쟁터에서도 멀쩡했던 내 신경은 참기 힘들 만큼 복잡하게 얽혀버렸다. 가장 먼저 침묵을 깬 사람은 레스트레이드였다.

"그런데 범인을 목격한 사람이 있었습니다. 그는 바로 우유를 배달하는 소년이었습니다. 그 아이는 호텔 뒤쪽으로 난 골목을 지나 우유 가게로 가던 중이었답니다. 그런데 여느 때와는 달리 땅 위에 놓여 있던 사다리가 2층 객실 창문 밑에 세워져 있는 걸 보고 이상하다는 생각을 했다더군요. 게다가 그 방의 창문이 활짝 열린 상태였으니 더 의문이 들었겠지요. 그래서 길을 가다가 되돌아보았는데, 글쎄 한 남자가 사다리를 타고 내려오고 있었답니다. 그런데 그 사내가 너무나도 차분하고 사람의 시선 같은 건 전혀 신경 쓰지 않았기 때문에, 우유 배달부 소년은 호텔에서 일하는 목수나 기술자라고 생각했다는 겁니다. 그 사내는 키가 크고, 얼굴이 붉었으며 갈색의 외투를 입고 있었다고 합니다. 그 사내는 범행 후 한동안 방 안에 있었던 듯합니다. 손을 씻었던 듯 세면기의 물이 피로 더럽혀져 있었고, 시트에는 칼을 닦은 자국이 선명하게 남아 있었습니다."

나는 홈즈의 얼굴을 얼른 훔쳐보았다. 범인의 특징이 그의 추리와 완전히 일치했기 때문이었다. 하지만 그의 얼굴에는 기뻐하거나 만족하는 기색이 보이지 않았다.

"방에 무슨 단서가 될 만한 것은 없었나요?"

홈즈가 물었다.

"네, 아무것도 없었어요. 스탠거슨의 주머니에서 드레버의 지갑이 나오기는 했지만 언제나 돈은 스탠거슨이 냈으니 이상할 것도 없는 일이지요. 지갑에는 80파운드 정도 들어 있었는데 도둑 맞은 흔적은 없었습니다. 두 건의 끔직한 살인 사건의 동기가 무엇인지는 모르겠지만, 돈이 목적이 아니었다는 것만은 확실합니다. 피살자의 주머니 속에서 서류나 메모 같은 것은 전혀 발견되지 않았습니다. 다만 한 달쯤 전에 클리블랜드시에서 발신된 전보가 한 통 나왔습니다. 'J. H.는 유럽에 있음'이라는 내용의 전보로 발신자의 이름은 찾아볼 수 없었습니다."

"그것 외에 다른 것은요?"

홈즈가 물었다.

"중요한 건 없었어요. 침대 위에는 피해자가 잠들기 전에 읽었던 듯한 소설책이 있었습니다. 그리고 시체 옆에 있던 의자 위에는 담배 파이프가 올려져 있었습니다. 테이블에는 물이 든 컵이 하나 있었고요."

"잘 생각해보십시오. 하나라도 빠뜨리면 안 됩니다."

"참, 창틀 위에 알약 두어 개가 든 조그만 나무 약상자가 있더군요."

그때였다. 홈즈가 갑자기 환호성을 지르며 의자에서 벌떡 일어섰다.

"드디어 마지막 고리를 찾았군! 이것으로 모든 사건은 완전히 해결됐어."

홈즈는 들뜬 목소리로 외쳤다. 두 형사는 갑작스러운 홈즈의 행동에 어리둥절한 표정으로 서로의 얼굴을 바라보았다.

"이 사건의 전모를 완전히 파악했습니다. 물론 자세한 부분에 대해서는 좀 더 밝혀내야겠지요. 하지만 적어도 드레버와 스탠거슨이 역에서 헤어진 다음부터 드레버가 시체로 발견될 때까지, 굵직한 사건의 전말은 똑똑히 알겠습니다. 마치 내 두 눈으로 본 것처럼 말입니다."

홈즈는 껄껄 웃으며 두 손을 맞잡았다.

"하지만 어떻게…."

"이제 그 증거를 보여드리지요. 그 알약을 좀 볼 수 있을까요?"

"여기 있습니다."

레스트레이드가 조그맣고 하얀 상자를 꺼내며 이어 말했다.

"경찰서 금고에 보관할 요량으로 상자와 지갑, 전보를 다 가져왔습니다. 솔직히 이 알약은 별로 긴요한 게 아니라고 생각해서 놓고 오려고도 했습니다."

"이리 주십시오."

홈즈는 상자를 받아 알약을 꺼내 들고는 나를 향해 돌아섰다.

"왓슨, 이걸 좀 보게. 보통 알약인가?"

나는 창가로 가서 알약을 햇빛에 비춰 보았다. 그것은 두 개 모두 진주처럼 빛나는 작고 둥근 알약으로 매우 투명했는데, 보통의 알약이 아닌 것 같았다.

"가볍고 투명한 걸 보니 물에 녹을 것 같군."

내가 말하자 홈즈는 만족스러운 미소를 지으며 말했다.

"정확히 보았네, 왓슨. 미안하지만 아래층에 가서 병든 테리어를 데리고 와주게. 어제 하숙집 아주머니가 자네에게 안락사를 부탁했던 그 개 말일세."

나는 곧장 아래층으로 내려가서 개를 안고 방으로 돌아왔다. 오랫동안 병에 시달린 개는 힘겹게 숨을 쉬고 있었고 두 눈은 초점 없이 흐린 상태였다. 게다가 콧등도 하얗게 변한 것을 보면 수명이 이미 다했다는 것을 알 수 있었다. 나는 개를 카펫 위에 있는 쿠션에 내려놓았다.

"이제 이 알약을 반으로 나누겠습니다."

홈즈는 새털 펜의 끝을 깎는 조그만 칼을 꺼내 알약을 쪼갰다.

"알약의 반쪽은 나중에 다시 쓸 일이 있을 테니 도로 상자에 넣겠습니다. 나머지 반쪽은 작은 숟가락 하나 분량의 물이 담겨 있는 와인 잔에 넣고요."

두 형사와 나 그리고 홈즈의 시선은 일제히 와인 잔에 고정되었다.

"왓슨의 말처럼 약이 금세 녹는군요."

"뭐, 재미있어 보이는 실험이기는 합니다만, 그게 조셉 스탠거슨의 죽음과 무슨 관계가 있다는 거죠?"

레스트레이드는 홈즈가 자신을 놀린다고 생각했는지 볼멘소리로 말했다.

"아, 조금만 기다려 봐요. 커다란 관계가 있다는 사실을 곧 알게 될 테니까요. 자, 편하게 먹을 수 있도록 우유를 조금 섞어보죠. 이걸 개에게 주면 바로 핥아먹을 겁니다."

홈즈는 와인 잔 속의 내용물을 접시에 쏟은 뒤 개 앞에 밀어주었다. 개는 눈 깜짝할 사이에 접시를 싹싹 핥아먹었다. 홈즈가 너무나 진지한 태도를 보였기 때문에 우리는 모두 숨죽이며 개의 행동을 지켜보았다. 도대체 개에게 어떤 변화가 나타날지 궁금했기 때문이었다.

그런데 아무런 변화도 일어나지 않았다. 테리어는 쿠션 위에 축 늘어져 괴로운 듯 숨을 헐떡이고 있을 뿐이었다. 알약을 녹인 우유를 먹어서 병이 좋아졌다거나 나빠진 모습은 전혀 없었다. 홈즈는 회중시계를 꺼내 시간을 쟀는데, 1분이 지나고 2분이 지나도 아무런 효과도 나타나지 않았다. 그는 매우 분하고 실망했다는 표정을 지어 보였다. 그러고는 입술을 씹으며 손가락으로 테이블을 두들기는 등 초조할 때 하는 모든 행동을 다 했다. 너무나도 실망하는 것 같아 나는 진심으로 가엾다는 생각이 들었지만, 두 형사는 빙글빙글 웃음을 짓고 있었다. 홈즈가 곤경에 처한 것을 즐기는 듯했다.

"우연이란 있을 수 없어."

홈즈는 의자에서 벌떡 일어나 방 안을 씩씩거리며 돌아다녔다.

"단순한 우연이었다니, 그건 말도 안 돼. 드레버가 살해되었을 때 나는 독살이라고 봤어. 실제로 스탠거슨의 시체 옆에서 알약이 발견되었지. 그런데 그 알약이 독약이 아니라니 대체 어떻게 된 일이지? 내 추리가 전부 틀렸단 말인가? 그럴 리가 없어. 하지만 이 불쌍한 개에겐 아무런 일도 일어나지 않았어. 그래, 알았다! 알았어!"

홈즈는 기쁜 듯이 큰 소리를 지르더니 약 상자 옆으로 달려갔다. 그러고는 남은 알약을 반으로 쪼개더니, 그중 하나를 우유에 녹여서 테리어 앞에 놓았다. 가엾은 개는 우유를 핥아먹더니 곧 사지를 심하게 떨며 경직된 채 숨이 끊어졌다. 홈즈는 크게 숨을 내쉬고 이마의 땀을 닦았다.

"내 추리에 좀 더 자신감을 가졌어야 했어. 어떤 사실이 지금까지 해온 추리에 어긋난다 해도, 그 사실은 다른 각도에서 해석할 수 있다는 사실 정도는 벌써 알아챘어야 했어. 약상자 속의 알약 두 알 중 하나는 맹독, 다른 하나는 무독이었어. 그런 건 상자를 보지 않고도 알았어야 했는데…."

이 마지막 말에는 깜짝 놀라지 않을 수 없었다. 홈즈가 진지하게 그런 말을 하다니 믿을 수가 없었다. 하지만 테리어의 시체는 홈즈의 추리가 정확했다는 것을 증명하고 있었다. 나는 머릿속의 안개가 걷히고 희미하게나마 사건의 진상이 보이는 듯했다. 홈즈가 말했다.

"여러분께서는 이 모든 일이 이상하게만 보일 겁니다."

홈즈는 빙긋 미소 지으며 두 형사를 바라보았다.

"왜 그런 줄 아십니까? 그건 여러분이 수사 초기 단계에서 진짜 중요한 단서, 하나뿐인 단서를 간과했기 때문입니다. 그 단서가 얼마나 중요한 것인지 파악하지 못했기 때문에 실패할 수밖에 없었죠. 하지만 나는 그 의미를 이해하고 있었습니다. 이후에 발생한 사건들은 내가 처음에 추측했던 내용들이 옳다는 것을 확인시켜줄 뿐이었습니다. 그것은 논리적인 추리의 결과이니 놀랄 것은 없습니다."

"아니, 이렇게 복잡하고 혼란스러운 사건의 전말을 모두 추측하고 있었단 말입니까?"

답답하다는 듯이 홈즈의 말을 듣던 그렉슨이 참지 못하고 말을 꺼냈다.

"이보세요, 셜록 홈즈 선생. 당신이 머리가 좋고 독특한 수사 방법을 쓰고 있다는 사실 정도는 우리도 인정하고 있습니다. 지금 듣고 싶은 건 수사법이나 연설이 아니란 말입니다. 중요한 건 범인을 체포하는 일 아닙니까? 나도 나름대로 수사를 해왔지만, 아무래도 잘못 짚은 것 같습니다. 차펜티어 중사는 두 번째 살인 사건과는 관계가 없습니다. 레스트레이드는 스탠거슨의 뒤를 쫓았지만, 그도 범인은 아닌 듯합니다. 당신은 사건 해결을 위한 힌트만 늘어놓았을 뿐입니다. 아무래도 우리보다는 더 많은 것을 알고 있는 듯한데, 이제 이쯤에서 진상을 어디까지 파악하고 있는지 확실하게 가르쳐주셨으면 합니다. 대체 범인은 누구죠?"

레스트레이드도 말했다.

"그렉슨의 말이 옳습니다. 우리는 노력했지만 실패했습니다. 지금까지 당신은 필요한 증거를 전부 갖췄다고 몇 번이나 말했습니다. 더 이상 숨겨봐야 소용없는 일이라고 생각합니다."

나도 한마디 거들었다.

"살인범 체포가 조금이라도 늦어지면 다음 살인을 일으킬 시간을 주는 꼴이 되지 않겠나?"

이런 말들을 듣고도 홈즈는 망설이는 듯했다. 무엇을 생각할 때의 버릇인데, 미간을 잔뜩 찌푸리고 고개를 숙인 채 방 안을 서성거렸다. 잠시 후 홈즈가 발걸음을 멈추더니 우리에게 말했다.

"더 이상의 살인은 없습니다. 그리고 여러분은 내게 범인을 알고 있느냐고 물었죠? 틀림없이 알고 있습니다."

홈즈의 확신에 찬 말에 두 형사의 눈이 휘둥그레졌다.

“범인을 밝혀내는 것은 식은 죽 먹기예요. 곧 범인을 잡을 거라고 확신합니다. 나 역시 빠른 시간 안에 잡히기를 바라고 있고요. 하지만 모든 일에 순서가 있듯이, 범인을 잡는 데에는 신중함과 인내심이 필요합니다.”

“그건 또 무슨 말입니까? 범인에 대해 알고 있다면 빨리 잡는 게 우선 아닙니까?”

도무지 이해가 안 간다는 표정으로 레스트레이드가 묻자 홈즈는 고개를 가로저으며 말했다.

“그보다 범인의 특징을 파악하는 게 우선입니다. 그는 매우 영리하기 때문에 조심스럽게 접근해야 합니다. 게다가 범인은 그 못지않게 뛰어난 두뇌를 가진 공범의 도움을 받고 있습니다.”

“공범?”

“만약 범인이 수사망이 좁혀들고 있다는 사실을 눈치채지 못했다면 그를 체포할 가능성은 충분합니다. 하지만 그가 조금이라도 눈치채게 되는 날에는 모든 게 수포로 돌아갈 겁니다. 범인은 분명 자신의 이름을 바꾸고 400만 명이 사는 대도시 런던의 어느 뒷골목으로 숨어버릴 겁니다.”

두 형사는 못마땅해하는 표정이 역력했지만 꾹 참느라고 주먹을 꽉 움켜쥐고 있었다.

"나는 절대로 두 분의 마음을 상하게 만들 생각이 없습니다. 하지만 경찰이 범인들의 상대가 되지 못한다는 것은 어쩔 수 없는 사실입니다. 내가 두 분에게 지원을 요청하지 않은 것도 그 때문입니다."

"지금은 그렇게 큰소리치고 있지만, 만약 홈즈 선생이 범인을 잡지 못한다면요?"

그렉슨이 묻자 홈즈가 빙긋 미소를 지으며 답했다.

"만약 실패한다 해도 수사가 허술했다는 비난을 받게 되는 건 나 혼자뿐이죠. 각오는 하고 있어요. 내가 세운 작전을 당신들에게 이야기해도 괜찮을 때가 오면 바로 얘기해주겠지만 지금은 여기까지 말할 수밖에 없어요."

그렉슨과 레스트레이드는 홈즈의 말에, 즉 경찰의 힘을 얕잡아보는 듯한 말에 강한 불만을 품은 듯했다. 그렉슨은 이마의 금발이 자라기 시작한 부분까지 벌겋게 달아올랐으며, 레스트레이드의 작은 눈은 호기심과 분노로 반짝반짝 빛났다.

두 사람이 채 말을 꺼내기도 전에 문을 두드리는 소리가 들려왔다. 방 안으로 들어선 것은 부랑아들의 대표라고 말할 수 있는 위긴스였다. 그는 지독한 냄새를 풍기는 더러운 옷을 입고 있었다.

"마차를 불러왔습니다."

위긴스가 이마에 슬쩍 손을 올리며 말했다.

"수고했어."

홈즈는 다정한 목소리로 말했다.

"런던 경찰청에선 왜 이런 걸 쓰지 않는 거죠?"

이렇게 말하며 홈즈는 서랍에서 강철로 된 수갑을 꺼냈다.

"여기 스프링이 멋지지 않나요? 순식간에 걸리게 되어 있죠."

레스트레이드가 말했다.

"구형 모델로도 충분합니다. 잡을 범인만 발견한다면 말이죠."

홈즈가 미소를 지으며 대답했다.

"정말 옳은 말씀이십니다. 그건 그렇고, 마부가 짐을 옮겨줬으면 좋겠는데. 위긴스, 좀 도와달라고 말해주지 않겠나?"

지금 당장 여행이라도 떠날 듯한 말투였다. 사전에 아무런 말도 못 들었기 때문에 나는 깜짝 놀랐다. 방에는 조그만 여행 가방이 있었는데, 홈즈는 그것을 끄집어내더니 가죽끈으로 묶기 시작했다. 힘들게 가죽끈을 묶고 있을 때 마부가 들어왔다.

"아, 마침 잘됐네. 이 자물쇠 잠그는 것 좀 도와주지 않겠나."

홈즈는 뒤도 돌아보지 않고 말했다.

마부는 불쾌한 얼굴로 마지못해 홈즈 곁으로 다가와 두 손으로 자물쇠를 눌렀다. 그 순간 소리가 철컥하고 나더니, 뒤이어 금속이 긁히는 귀에 거슬리는 소리가 났다. 홈즈가 자리에서 벌떡 일어서며 큰 소리로 말했다.

"여러분, 제퍼슨 호프 씨를 소개합니다. 제퍼슨 씨는 이녹 J. 드레버 및 조셉 스탠거슨을 살해한 범인입니다."

홈즈의 눈이 빛나고 있었다.

이 모든 일이 순식간에 일어났다. 눈 깜짝할 사이에 일이 벌어졌기 때문에 나는 무슨 일이 일어난 건지 도대체 영문을 알 수가 없었다. 하지만 지금도 그 순간이 눈에 선하다. 홈즈의 승리감에 넘친 얼굴, 방 안 가득히 울려 퍼지는 목소리, 마법처럼 손에 채워져 번뜩이는 수갑을 노려보며 험악한 표정을 짓던 마부의 어이없어 하는 얼굴 등이 휙휙 지나는 동안 두 형사와 나는 마치 조각상이 된 것처럼 서 있었다. 그런데 그것도 한순간이었다. 마부가 알아들을 수 없는 분노에 찬 소리를 지르면서 홈즈의 손을 뿌리치고 격렬하게 창문으로 달려들었다. 유리가 사방으로 튀고 창문이 부서지는 소리가 들렸다. 마부가 창문으로 도망치려는 순간, 그렉슨과 레스트레이드와 홈즈가 사냥개처럼 달려들었다. 마부를 창문에서 끌어내려 방 한복판으로 끌고 돌아옴과 동시에 무시무시한 사투가 벌어졌다. 마부는 초인적인 힘으로 저항했다. 우리 네 사람이 그를 제압하려고 했지만, 몇 번이고 나가떨어지고 말았다. 격렬한 발작을 일으키는 간질 환자를 붙드는 느낌이었다. 몸으로 창을 깼기 때문에 얼굴과 손이 피투성이였지만 저항하는 힘은 조금도 줄어들 기미를 보이지 않았다.

레스트레이드가 간신히 마부의 목 안쪽으로 한쪽 팔을 넣어 조르기 시작했다. 그제야 마부는 몸부림쳐도 소용없다는 것을 깨달은 듯했다. 우리는 손뿐만 아니라 발까지 묶고 나서야 마음을 놓을 수 있었다. 간신히 일어섰을 때 우리 네 사람은 숨을 헐떡이고 있었다. 홈즈가 미소를 지으며 즐겁다는 듯한 투로 말했다.

"이 사내의 마차로 경찰청까지 갑시다. 자, 이걸로 사건에 남은 작은 의문도 해결된 셈입니다. 궁금한 점이 있으시다면 기꺼이 답해드리겠습니다. 이제 대답을 거부할 이유는 없으니까요."

제2부

성자의 나라

알칼리 대평원

거대한 북미 대륙의 중심부에 바짝 메마른 불모의 사막이 있다. 이곳은 오랫동안 문명의 전파를 막는 거대한 장벽이 되어왔다. 서쪽의 시에라 네바다 산맥에서 동쪽의 네브라스카까지, 북쪽의 옐로스톤 강에서 남쪽의 콜로라도 강까지는 황량한 침묵이 지배하는 세계였다. 하지만 이 혹독한 지역의 자연 환경이 전부 똑같은 것은 아니었다. 정상에 눈이 쌓여 있는 산들이 있는가 하면, 태양빛도 스며들지 않는 어두운 협곡도 있었다. 깎아지른 듯한 협곡 사이로는 격류가 달리고 있었다. 끝없이 펼쳐진 대평원은 겨울이면 하얀 눈으로 뒤덮이며, 여름에는 소금기를 머금은 알칼리성 모래 먼지 때문에 온통 잿빛으로 뒤덮인다. 이 세계에 존재하는 것이라고는 불모의 적의와 불행뿐이었다.

이 절망의 땅에는 아무것도 살지 않았다. 포니족 인디언이나 검은 발 인디언이 다른 사냥터로 가기 위해 이따금 그곳을 지나가는 정도였다. 하지만 가장 용맹하다고 이름난 그들도 이 처참한 평원을 빨리 벗어나 초원으로 가기 위해 발걸음을 재촉했다. 바짝 마른 잡목들 사이에서 굶주린 늑대가 눈빛을 번뜩였고, 대머리 독수리는 공중에서 무겁게 날갯짓하며 먹잇감을 노렸다. 회색곰은 바위틈에 있는 먹이를 찾아 어두운 산골짜기를 어슬렁거렸다. 공포스러운 황무지에 사는 것은 이런 짐승들밖에 없었다.

시에라 블랑코 산맥 북쪽으로 펼쳐진 평원만큼 황량한 곳이 이 세상에 또 있을 리가 없었다. 사방을 둘러보아도 끝없는 벌판만이 펼쳐져 있었고, 키 작은 덤불만이 드문드문 보일 뿐 땅은 온통 소금 가루로 뒤덮여 있었다. 저 멀리 아득한 지평선 끝에 흰 눈에 덮인 험준한 산봉우리가 보일 뿐이었다. 이 광활한 황무지에 살아 있는 것이라고는 눈을 씻고 찾아봐도 없었다. 땅의 모양새와는 다르게 푸르기만 한 하늘에는 새 한 마리 날지 않았다. 하늘과 땅 사이에서는 아무런 소리도 들리지 않았다. 오로지 정적뿐이었다.

넓은 황야에 생명의 기척조차 느껴지지 않는다고 말했는데, 사실 그렇지만도 않다. 시에라 블랑코 산에서 내려다보면 한 줄기 길이 사막으로 이어져 구불구불 저 멀리로 사라져가는 것이 보인다. 그 길에는 수레의 바퀴자국이 찍혀 있었으며, 수많은 모험가의 발자국이 있었다.

길에는 여기저기에 하얀 것들이 빛을 받아 반짝이고 있었다. 주위가 거무죽죽한 알칼리성 흙이기 때문에 더욱 눈에 잘 띈다. 그것은 바로 뼈다. 억세고 커다란 뼈가 있는가 하면, 가느다랗고 조그만 뼈도 있다. 큰 것은 소의 뼈이고, 작은 것은 인간의 뼈다. 기분 나쁜 이 길은 대상들이 지나는 길로, 비참한 죽음을 맞은 사람들의 뼈를 따라가는 것만으로도 2,400킬로미터나 되는 길을 답파할 수 있을 것이다.

1847년 5월 4일, 한 여행객이 시에라 블랑코 산에 서서 이 광경을 내려다보고 있었다. 그의 모습은 마치 이 지역의 정령이나 악마의 모습처럼 보였다. 나이도 예순에 가까운지 마흔에 가까운지 잘 알 수가 없었다. 바짝 마른 얼굴은 초췌하기 짝이 없었고, 누런 양피지 같은 피부는 툭 튀어나온 얼굴뼈를 팽팽하게 감싸고 있었다. 또 덥수룩한 갈색 머리와 다듬지 않은 턱수염은 희끗희끗하게 변해 있었다. 심한 고생을 한 탓인지 퀭한 두 눈에서는 이상한 빛이 뿜어져 나오는 듯했고, 라이플을 잡은 두 손에는 뼈만 앙상하게 도드라져 있었다.

그는 라이플에 의지해 서 있었는데, 키가 크고 골격이 다부져 보였다. 하지만 수척한 얼굴, 깡마른 몸을 감싸고 있는 헐렁한 옷 때문에 늙고 지쳐 보였다.

그는 오랫동안 굶주린 데다 극심한 갈증으로 죽어 가고 있었다. 물이 있을지도 모른다는 실낱같은 희망을 품고 골짜기 아래로 내려왔다가 다시 이 작은 언덕에 올라온 길이었다. 하지만 퀭한 두 눈 앞에 펼쳐진 것이라고는 광활한 소금 평원뿐이었다. 근처에는 물이 있다는 희망을 가질 만한 나무 한 그루, 풀 한 포기 없었다. 어디를 바라보아도 희망의 빛이라고는 보이지 않았다. 그는 사방을 미친 듯이 둘러보았다. 하지만 이내 자신의 방황도 바로 이 바위 위에서 끝나게 되리라는 사실을 깨달았다.

"20년 뒤에 편안한 침대에서 죽을 수 있으면 좋을 텐데, 왜 하필이면 이곳이란 말인가?"

그는 바위가 병풍처럼 둘러진 곳에 털썩 주저앉으며 힘없이 중얼거렸다. 불행한 여행객은 라이플을 땅에 내려놓고, 회색 숄로 싸서 오른쪽 어깨에 메고 있던 커다란 꾸러미도 땅 위에 내려놓았다. 꽤 무거운 짐이었는지 땅에 내려놓을 때 쿵 하는 소리가 났다. 그 순간 꾸러미 속에서 끙얼거리는 듯한 신음 소리가 들리더니 이내 불평 섞인 여자아이의 목소리가 들렸다.

"아얏, 아프잖아요!"

"아팠니? 일부러 그런 것은 아니었다."

여행객은 미안한 표정으로 회색 숄을 벗겨냈다. 그러자 다섯 살쯤 되어 보이는 여자아이가 얼굴을 쏙 내밀었다. 깨끗한 구두, 세련된 분홍빛 실내복, 귀엽고 앙증맞은 앞치마 등에 어머니의 마음이 잘 나타나 있었다. 아이의 얼굴은 여위었고 안색이 좋아 보이진 않았지만, 팔다리는 건강해 보였다. 남자만큼 지쳐 있는 것 같지는 않았다.

"이젠 괜찮지?"

밝은 금발의 여자아이가 뒤통수를 문지르는 것을 보며 사내가 걱정된다는 듯이 물었다.

"호 하고 불어주세요."

아이는 아픈 곳을 가리키며 볼멘소리를 했다.

"엄마는 내가 아프다고 하면 항상 그렇게 해줬어요. 그런데 엄마는 어디 있죠?"

"엄마는 가버렸단다. 하지만 곧 만나게 될 거야."

"가버렸다고요? 하지만 다녀오겠다는 인사도 하지 않았는걸요. 옆집 아주머니네 차 마시러 갈 때도 인사를 하는데 벌써 사흘이나 내 곁에 없어요."

아이는 이해가 안 된다는 표정으로 불평하다가 두 손으로 목을 쥐었다.

"아! 목말라! 왜 물도 없고 먹을 것도 없어요?"

"그래, 지금은 아무것도 없단다. 조금만 더 참아라. 그럼 아무렇지도 않아질 거야."

사내는 측은해하는 눈길로 아이를 내려다보더니 아이의 머리를 자기 쪽으로 끌어당겼다.

"이리 기대렴. 좀 편해질 거야. 지금은 아저씨가 입술이 말라서 말하기가 힘들단다. 하지만 나중에 다 설명해줄게."

그때 아이가 쥐고 있는 반짝이는 작은 물건이 사내의 눈에 들어왔다.

"이게 뭐니?"

"예쁜 거요. 너무너무 좋은 거요."

아이는 반짝이는 운모석 조각 두 개를 바라보며 기쁘다는 듯이 말했다.

"집에 가면 동생한테 줄 거예요."

"조금만 있으면 그것보다 더 예쁜 것들을 볼 수 있을 거다. 참, 얘기를 하다 말았지. 전에 우리가 강을 건넜던 것을 기억하고 있니?"

"네. 기억하고 있어요."

"그 강에서 바로 떠난 건 금방 다른 강을 찾을 수 있을 거라고 생각했기 때문이란다. 하지만 뭔가가 잘못된 것 같다. 나침반 아니면 지도겠지. 어쨌든 뭔가 잘못되었단다. 그래서 물이 없어진 거야. 너같이 조그만 아이가 먹을 정도의 물밖에 남지 않았어. 그래서…."

"그래서 아저씨가 씻지를 못했구나."

조그만 여자아이는 사내의 더러워진 얼굴을 올려다보며 천진스럽게 말했다.

"그래, 먹을 물도 없었으니까. 그래서 벤더가 가장 먼저 죽고, 다음엔 인디언 피트가 죽었지. 그리고 맥그리거 부인, 그다음엔 혼스, 그다음에 네 엄마가…."

"그럼, 엄마도 죽은 거예요?"

아이는 앙증맞은 프릴이 달린 앞치마에 얼굴을 묻고 슬프게 울기 시작했다. 아이의 머리를 쓰다듬는 사내의 손길이 파르르 떨렸다.

"그래. 남은 건 우리 둘뿐이다. 물이 있을지도 모른다는 생각 때문에 너를 짊어지고 간신히 여기까지 왔는데, 아무래도 물은 없는 것 같구나. 이제 더 이상 도움을 받을 길이 없을 것 같다."

"우리도 곧 죽는다는 거예요?"

"그럴 것 같구나."

"그 얘기를 왜 지금에야 하는 거예요? 내가 얼마나 무서웠다고요. 우리가 죽으면 엄마를 만나게 되니까 나는 좋아요."

아이가 순진무구한 어투로 말하자 사내는 짧은 한숨을 쉬었다.

"그래. 그렇구나."

"아저씨도 같이 있을 수 있으니 난 더 좋아요. 아저씨가 나한테 정말 잘해줬다고 엄마한테 꼭 말해줄게요. 엄마는 천국의 문 앞에서 기다리고 있을걸요. 커다란 물통과 맛있게 구운 따뜻한 빵을 많이 가지고요. 거기까지 가는 데 얼마나 걸려요?"

"모르겠다. 하지만 오래 걸리진 않을 거다."

사내는 북쪽 지평선을 가만히 바라보았다. 그때였다. 푸른 하늘 저편에서 작은 점 세 개가 보인다 싶더니 빠른 속도로 커지기 시작했다. 사내는 두 눈을 부릅뜨고 점들을 응시했다. 점들은 이내 커다란 갈색의 새들로 변하더니 두 사람이 내려다보이는 바위 위로 날아와 앉았다. 죽음의 전조라고 알려진 서부의 대머리 독수리였다.

"와! 닭이다!"

여자아이는 불길한 새들을 손가락으로 가리키며 좋아했다. 그리고 손뼉을 쳐서 날아오르게 하려고 했다.

"아저씨, 이것도 하느님이 만드신 거예요?"

"그렇단다."

여자아이의 뜻밖의 질문에 사내는 조금 놀랐다.

"하느님은 일리노이를 만드셨고, 미주리 강도 만드셨어요. 하지만 여기는 다른 사람이 만들었을 거예요. 여기는 없는 게 너무 많잖아요. 물도 없고 나무도 없고."

"그럼 우리 기도해볼까?"

사내가 주저하며 말했다.

"아직 밤도 아닌데요?"

여자아이가 대답했다.

"밤이 아니라도 괜찮단다. 지금은 특별한 상황이니까 하느님은 아무 상관 안 하실 거야. 초원 지대를 지날 때 매일 밤 마차 안에서 기도했었지? 그 기도를 해보렴."

"왜 아저씨는 기도를 안 해요?"

여자아이가 이상하다는 듯한 눈빛으로 물었다.

"난 잊어버렸단다. 키가 이 총의 반만 했을 때부터 기도를 한 적이 없어. 하지만 지금부터 기도해도 그리 늦지는 않을 거야. 네가 기도하면 나도 따라서 할게."

"그럼 아저씨도 무릎을 꿇어요."

여자아이가 숄을 바닥에 펼치며 말했다.

"나처럼 손을 모으세요. 맘이 편해지죠?"

대머리 독수리만이 이 기묘한 광경을 보고 있었다. 천진난만하기 짝이 없는 어린 여자아이와 두려움을 모르는 늙은 여행객은 거친 숄 위에 나란히 무릎을 꿇고 기도문을 따라 하려고 애썼다. 통통한 여자아이의 얼굴과 거칠고 여윈 사내의 얼굴은 구름 한 점 없는 하늘을 올려다보며 하늘에 계신 하느님께 진심으로 기도를 올렸다. 여자아이의 가냘프고 맑은 목소리와 사내의 거친 목소리는 전혀 다른 것이었지만 신의 자비와 용서를 구하고 희망을 갈구하는 마음만은 똑같았다.

기도를 마치고 두 사람은 둥근 바위 그림자 밑으로 돌아가 앉았다. 여자아이는 곧 사내의 넓은 가슴에 기대어

잠이 들어버렸다. 사내는 주위를 둘러보며 아이를 지켜주려 했지만 그 또한 무거워진 눈꺼풀의 무게를 견딜 수가 없었다. 사흘 밤낮을 쉬지 않고 걸었던 것이다. 사내는 이윽고 꾸벅꾸벅 졸기 시작했다. 곧 사내의 희끗희끗한 수염이 여자아이의 금발과 뒤섞였다.

사내가 30분만 더 깨어 있었다면 신비한 광경을 목격할 수 있었을 것이다. 알칼리 대평원의 저쪽 끝에서 희미한 흙먼지가 일었다. 처음에는 너무 멀었기 때문에 안개처럼 보였지만, 흙먼지는 점점 커다랗게 퍼지더니 확실한 구름의 모습이 되었다. 그 구름이 점점 크게 퍼졌으므로, 마침내 이동하는 동물의 커다란 무리라는 것을 확실하게 알 수 있었다. 여기가 풍요로운 땅이었다면 그것을 본 사람은 대초원의 풀을 뜯는 들소 떼가 접근해오는 것이라고 생각했을 것이다. 하지만 여기는 불모의 땅이었다. 그런 일은 있을 수가 없었다.

소용돌이를 일으키고 있는 흙먼지가 외로운 바위 그림자 밑에 잠들어 있는 두 조난자 곁으로 가까워질수록 포장마차와 무장을 한 사람들이 말을 타고 다가오는 모습이 흙먼지 속에서 나타나기 시작했다. 이 신기한 환영은 서부로 향하는 포장마차 부대였다. 정말로 어마어마한 규모의 포장마차 부대였다. 선두가 산기슭에 접어들려 하는데도 후미에 선 사람들은 아직 지평선 위에 나타나지도 않았다. 포장마차와 짐마차, 말에 탄 사람, 걷는 사람 등이 줄줄이 이어지는 대열이 널따란 평원 너머까지 이어지고 있었다.

무거운 짐을 지고 비틀거리며 걷고 있는 여자들, 마차 곁을 분주히 걷거나 하얀 포장 밑으로 밖을 내다보는 아이들 등 평범한 이주민들의 마차 부대가 아니었다. 이들은 분명 억압적인 환경에서 벗어나 새로운 땅을 찾아 해매는 사람들임에 틀림없었다. 이 수많은 무리 속에서 일어나는 소음이 마차 바퀴 소리와 말의 숨소리에 섞여 맑은 하늘로 울려퍼졌다. 하지만 피로에 지쳐 잠든 두 사람은 그런 소음에도 눈을 뜨지 못했다.

포장마차 부대의 선두에는 손으로 짠 거친 천으로 만든 옷을 입고 라이플로 무장한 엄숙한 얼굴의 사내 스무명 정도가 말을 타고 앞서가고 있었다. 평평한 바위 밑까지 온 그들은 말을 멈추고 잠시 회의에 들어갔다.

"형제들이여, 오른쪽으로 가면 샘이 있습니다."

수염을 단정하게 깎은, 머리가 희끗희끗한 사내가 말했다.

"시에라 블랑코 산의 오른쪽은 리오그란데 강으로 가는 길이 아닌가요?"

다른 사내가 말했다.

"물을 걱정할 필요는 없어요. 바위틈에서 물을 솟아오르게 하는 분이니 선택한 사람들을 버리실 리가 없소."

세 번째 사내가 큰 소리로 말했다.

"아멘! 아멘!"

그 자리에 있던 사람들이 일제히 입을 맞춰 말했다.

선두가 다시 대열을 갖추고 출발하려고 할 때였다. 눈이 날카로운 가장 젊은 사내가 소리를 지르며 머리 위의 깎아지른 듯한 바위를 손가락으로 가리켰다. 바위산 정상에 엷은 분홍색의 조그만 옷자락이 회색바위를 배경으로 선명하게 펄럭이고 있었다. 그것을 본 사내들은 일제히 말을 멈추고 어깨에 메고 있던 총을 풀었고, 또 다른 기수들은 선두를 보호하기 위해 재빨리 말을 타고 달려왔다. 사람들의 입에서 '인디언'이라는 단어가 새어나오는가 싶더니 이내 웅성거림이 커졌다.

그때 지도자처럼 보이는 나이가 지긋한 노인이 앞으로 나서며 말했다.

"이곳에 인디언이 있을 리 없소. 우리는 이제 막 포니족의 영토를 지나쳐왔소. 그러니 저 산을 넘을 때까지 원주민은 없을 것이오."

지휘를 맡고 있는 듯한 사내가 말했다.

"스탠거슨 형제, 내가 살펴보고 오겠소."

대원들 중 한 사람이 말했다.

"나도 가겠습니다."

"나도요."

10여 명의 사내들이 나서며 말했다.

"말은 여기 두고 가지."

젊은이들은 바로 말에서 내려 말을 묶어두고는 험준한 기슭을 오르기 시작했다. 그들의 움직임은 민첩하고 조용했다. 그들의 행동에는 훈련을 쌓은 정찰대와 같은 자신감과 기술이 넘쳐나고 있었다.

밑에서 지켜보고 있는 사람들의 눈에, 바위에서 바위로 옮겨가다가 곧 하늘을 배경으로 정상에 서 있는 사람들의 모습이 보였다. 선두에 섰던 젊은이가 두 손을 올리며 놀란 듯 소리를 질렀다. 뒤따르던 사람들도 눈앞의 광경에 놀라 비명을 지르고 말았다.

그들이 힘겹게 오른 험준한 절벽 위에는 커다랗고 둥근 모양의 바위가 우뚝 솟아 있었다. 그 바위 그늘에는 키가 크고 수염이 덥수룩한 못생긴 얼굴의 말라비틀어진 사내가 비스듬히 누워 있었다. 규칙적으로 숨소리가 들리는 것으로 보아 깊이 잠들어 있는 것이 분명했다. 사내의 옆에는 금발에 어린 여자아이가 있었는데, 통통한 팔로 사내의 여윈 목을 끌어안고 사내의 웃옷에 금빛으로 반짝이는 머리카락을 묻은 채 잠들어 있었다. 조금 열린 장밋빛 입술 사이로 하얀 눈처럼 깨끗한 이가 보였으며, 입가에는 천진난만한 미소를 머금고 있었다. 새하얀 양말을 신은 통통한 작은 발에는 반짝거리는 버클이 달린 예쁘장한 신발이 신겨져 있었다. 그것은 사내의 길고 바짝 마른 다리와 묘한 대조를 이루었다. 이 이상한 두 사람을 가리는 바위 위에는 대머리 독수리 세 마리가 눈을 번득거리며 앉아 있었다. 먹잇감을 덮칠 기회를 노리고 있던 독수리들은 느닷없이 등장한 낯선 사람들을 보고 기분 나쁜 울음소리를 내며 신경질적으로 날아올랐다.

무시무시한 대머리 독수리의 울음소리에 잠들어 있던 두 사람이 눈을 뜨고 두리번거리며 주위를 둘러보았다. 잠들기 전에는 그렇게 황량해 보이던 평원에 지금은 사람들과 말의 긴 행렬이 이어지고 있었다. 가만히 바라보던 사내는 믿을 수 없다는 표정을 짓더니 바싹 마른 손을 비볐다.

"이게 신기루라는 건가?"

사내가 중얼거렸다. 여자아이는 사내의 옷자락을 잡고 일어서면서 호기심 가득한 눈으로 주위를 둘러보았다. 도움을 주러 온 젊은이들을 보고 나서야 두 여행자는 그들이 신기루가 아니라는 사실을 알 수 있었다. 한 사내가 아이를 안아 자기의 어깨 위에 앉혔고, 다른 두 사람은 여윈 사내를 부축해서 바위산에서 내려왔다.

"나는 존 페리어라고 하오. 일행이 스물한 명이었는데, 이제 우리 둘만 남았지요. 다른 사람들은 남쪽에서 굶주림과 갈증 때문에 죽어버렸소."

사내가 말했다.

"그 아이는 당신 딸이오?"

"이제 내 딸이나 다름없지요."

사내가 경계하는 투로 대답했다.

"내가 살려냈으니까. 이 아이를 아무도 내게서 빼앗아 가지 못할 겁니다. 오늘부터 이 아이는 루시 페리어입니다. 당신들은 뭘 하는 사람들입니까? 일행이 꽤 많아 보이는데."

그는 검게 그을린 건장한 청년들을 수상하다는 듯이 쳐다보며 물었다.

"일행은 한 1만 명 정도 됩니다. 우리는 박해받는 하느님의 아들, 모로니 천사에게 선택받은 백성들입니다."

젊은이 한 사람이 대답했다.

"모로니 천사는 처음 들어보는 말인데, 참 많은 사람을 선택했군요."

사내가 말했다.

"성스러운 분을 모욕해서는 안 됩니다. 우리는 금박의 명판에 이집트 문자로 새겨진 성스러운 말씀을 믿습니다. 그 명판은 성 조셉 스미스가 팔미라에서 받은 것입니다."

한 젊은이가 나무라듯이 말했다.

"우리는 일리노이주의 노브에서 왔습니다. 거기에 교회를 세웠지만 신앙이 없고 폭력적인 자들과의 충돌을 피하기 위해 우리의 땅을 찾아가는 길입니다. 비록 그곳이 사막의 한가운데라고 할지라도 상관없습니다."

노브라는 지명을 들은 존 페리어는 뭔가 떠오르는 것이 있었다.

"그렇군요. 당신들은 모르몬교 신자들이군요?"

"맞소. 우리는 모르몬교 신자입니다."

젊은이들이 일제히 대답했다.

"어디로 가는 거지요?"

"모르겠습니다. 하지만 하느님께서 선지자를 통해 우리를 이끌고 계시다는 것만은 확실합니다. 일단 당신들도 선지자께로 가야 합니다. 그러면 당신들을 어떻게 할지 그분께서 가르쳐주실 겁니다."

그때 그들은 이미 바위산의 기슭에까지 내려왔고, 수많은 신자에게 둘러싸여 있었다. 평온한 얼굴의 여자들, 건강해 보이는 아이들, 걱정스럽게 바라보는 남자들은 함께 내려온 것이 조그만 여자아이와 수척한 사내란 것을 알았을 때 동정심과 놀라움을 금할 수 없었다. 하지만 함께 내려온 젊은이들은 발을 멈추지 않고 앞으로 나아갔다. 수많은 모르몬교 신자가 그들 뒤를 따랐다. 드디어 그들은 다른 마차들보다 크고 화려한 마차 앞에 도착했다.

다른 마차들은 말 두 마리, 기껏해야 네 마리가 끄는데, 그 마차는 여섯 마리가 끌고 있었다. 마부 옆에 한 남자가 근엄한 표정으로 앉아 있었다. 그의 나이는 서른 살도 채 안 돼 보였다. 하지만 결의에 찬 다부진 표정이 지도자라는 인상을 강하게 풍겼다. 그는 사람들이 몰려오자 읽고 있던 두꺼운 갈색 표지의 책을 내려놓고 청년의 이야기에 귀를 기울였다. 설명을 다 들은 남자가 엄숙한 목소리로 말했다.

"당신들이 우리와 함께 가려면 우리의 종교를 믿어야

하오. 선량한 우리 신자들 사이에 늑대가 끼어선 안 되기 때문이오. 작은 부패의 씨앗 하나가 과일 전체를 썩게 할 수도 있으니, 그럴 바에야 차라리 이 황무지에서 그대들이 죽게 내버려두는 것이 낫소."

남자는 단호한 어조로 힘주어 말하고는 사내의 얼굴을 뚫어져라 바라보았다.

"어떻게 하겠소? 지금 개종하고 우리와 함께 가기를 원하오?"

"제발 저희를 데려가주십시오. 말씀은 결코 잊지 않겠습니다."

페리어가 너무 힘차게 대답했기 때문에 엄숙한 얼굴의 장로들은 자신도 모르게 빙그레 웃음 짓고 말았다. 오직 지도자만이 엄격한 표정을 흐트러뜨리지 않았다.

"스탠거슨 형제, 이 사내에게 먹을 것과 음료수를 주세요. 아이에게도 주세요. 그리고 교리를 가르치는 것도 당신이 해야 할 일입니다. 이런 너무 지체했군. 자, 시온을 향해 출발합시다."

"시온으로!"

수많은 모르몬교 신자가 한목소리로 외쳤다. 그 소리는 사람들의 입에서 입으로 물결처럼 번져나갔다. 행렬의 맨 뒤까지 퍼져나간 그 소리는 점점 사라져 마침내 알아듣기 힘든 웅얼거림으로 변해 사라졌다. 채찍 소리와 마차 바퀴가 삐걱거리는 소리가 시끄럽게 들리는 가운데 마차들이 움직이기 시작했다.

이윽고 대열 전체가 출발했다. 페리어와 아이를 맡은 스탠거슨은 그들을 자신의 마차로 데리고 갔다. 마차 안에는 이미 음식이 준비되어 있었다.

"우선 이 마차를 타시지요."

스탠거슨이 말했다.

"며칠 지나면 기운이 날 겁니다. 이제부터 당신은 우리와 같은 모르몬교 신자라는 사실을 잊어선 안 됩니다. 브리검 영(1884년 기독교인들의 종교 폭동으로 조셉 스미스가 살해당하자, 그 뒤를 계승해 모르몬 교도들을 서부로 이동시켰다. 1847년에 현재 모르몬교의 본신인 솔트레이크시티를 건설했다)의 말씀은 곧 조셉 스미스의 말씀입니다. 그리고 그것은 신의 말씀임을 잊지 마십시오."

유타의 꽃

안식처를 찾기까지 모르몬교 신자들은 수많은 시련과 곤란을 겪었는데, 지금은 그런 이야기를 할 때가 아니다. 그들은 미시시피 강에서 로키 산맥 서쪽의 사면에 이르는 고난의 길을 인류 역사상 보기 힘든 불굴의 힘으로 전진했다. 야만 부족들과 맹수들, 굶주림과 갈증, 몰려드는 피로와 질병 등 온갖 장애물이 출현했다. 그러나 그들은 앵글로 색슨 특유의 끈기와 인내로 하나하나 극복해나갔다. 하지만 오랜 여행생활과 되풀이되는 공포 경험은 가장 용맹한 사람의 마음까지 흔들어댔다.

그럼에도 그들은 태양이 내리쬐는 유타의 넓은 골짜기

까지 갔다. 지도자는 유타의 계곡이야말로 약속의 땅이며 그 처녀지가 영원히 모두의 땅이 될 것이라고 말했다. 그러자 전원이 땅에 무릎을 꿇고 앉아 진심으로 기도를 드렸다.

브리검 영은 유능한 행정가이며 결단력 있는 지도자였다. 그는 곧 행정관으로서도 뛰어난 인물이라는 점을 증명해 보였다. 영은 지도를 그리고 여러 가지 도표를 만들었다. 그것은 그들을 위한 미래의 도시였다. 마을 주변은 농지였는데, 각각의 지위에 따라서 분배되었다. 상인들은 각각 자신의 상업을 하게 되었으며, 장인들도 각각 자신의 기술로 일하게 되었다. 마치 마법처럼 마을의 길이 났으며, 광장이 생겨났다. 농지에는 배수로가 만들어졌고 산울타리가 생겼고 작물도 심겼다. 숲도 개간했다. 다음 해 여름이 되자 들판 전체가 황금빛 밀 이삭으로 출렁거렸다.

낯설고도 새로운 이 땅에서는 무슨 일이든 잘 해결되고 번창했다. 특히 마을 중심에 세워진 대교회당은 더욱 커졌다. 하느님의 인도로 수많은 고난을 극복한 그들은 하느님을 칭송하기 위해 교회를 지었는데, 이후로도 망치 소리가 끊이지 않고 들려왔다. 그 소리는 동이 틀 무렵부터 해가 질 때까지 끊이지 않고 계속되었다.

존 페리어와 그의 양녀가 된 루시 페리어는 모르몬 교도들과 동행해 이곳까지 이르게 되었다. 루시는 스탠거슨의 마차에서 그의 세 아내, 열두 살 난 고집쟁이 아들과 함께 즐겁게 지냈다. 아들은 나이에 비해 조숙하고 말을 잘 듣지 않는 소년이었다. 루시에게는 어린이 특유의 적응력이 있었기 때문에 어머니를 잃은 슬픔에서 벗어날 수 있었고, 곧 여자들의 귀여움을 독차지하게 되었으며, 움직이는 포장마차에서의 생활에도 금세 적응했다.

존 페리어는 몸이 회복되자 훌륭한 길잡이로서, 뛰어난 사냥꾼으로서 이름이 알려지게 되었다. 그는 곧 새로운 동료들과 친해졌고 그들의 존경까지 받게 되었다. 그리고 마침내 방랑이 끝나 유타에 뿌리를 내리게 된 그는 다른 이주민들과 똑같은 크기의 땅을 분배받았다. 이것은 지도자인 브리검 영과 네 장로인 스탠거슨, 켐볼, 조스톤, 드레버를 제외한 나머지 정착민들과 동등한 대우였다.

존 페리어는 이렇게 얻은 땅에 직접 지은 집은 해마다 조금씩 증축한 끝에 넓고 훌륭한 집이 되었다. 그는 현실적이고 실용적인 사람으로 매사에 민첩하고 손재주가 많았다. 또 몸이 무쇠처럼 건강해서 새벽부터 밤까지 땅에 매달려 일했다. 덕분에 그의 농장을 비롯한 그의 소유물들은 빠른 속도로 번창했다. 3년이 지나자 그는 이웃들보다 형편이 좋아졌고, 6년이 지나자 제법 부유층에 속했으며, 9년이 지나자 알아주는 부자가 되었다. 그리고 12년이 지나자 솔트레이크시티를 통틀어 다섯 손가락 안에 꼽히는 거부로 자리매김했다.

하지만 그런 그에게도 단 한 가지 다른 신자들의 감정을 상하게 하는 것이 있었다. 그것은 바로 그가 아내를 얻지 않는다는 것이었다. 다른 교인들이 아무리 설득해도 그는 좀처럼 마음을 돌리지 않았다. 게다가 자신이 결혼하지 않는 이유에 대해서 구구절절 설명한 적도 없었다. 어떤 이들은 그가 어쩔 수 없이 모르몬교의 신자가 되었기 때문에 신앙심이 부족해서 그러는 것이라고 비난했고,

어떤 이들은 그가 돈 욕심이 많아 돈 드는 일을 하지 않으려 하기 때문이라고 험담했다. 또 다른 이들은 대서양 연안 어딘가에 그가 오래전에 사랑했던 금발 여인이 있는데, 그녀를 잊지 못하기 때문이라고 수군거리기도 했다. 아무튼 이유가 무엇이든 간에 페리어는 철저히 독신을 고수했다. 하지만 다른 면에서는 모르몬교가 원하는 종교적 규칙을 굳게 지켜나갔다. 그래서 사람들은 그를 보수적인 정통파 교도라고 부르기도 했다.

루시 페리어는 통나무집에서 성장했다. 그리고 양아버지의 한쪽 팔이 되어 열심히 일했다. 맑고 깨끗한 산속의 공기와 신선한 소나무의 향기가 그녀의 유모가 되고 어머니가 되어 그녀를 길러냈다. 해가 거듭될수록 그녀는 점점 건강하게 성장했다.

볼의 빛깔이 좋아지고 걸음걸이는 더욱 활달해졌다. 그녀는 밀밭 사이를 경쾌하게 걸어 다니기도 하고, 아버지가 길들인 야생마를 마치 서부에서 태어난 아가씨처럼 능숙하게 몰고 다녔다.

페리어 농장을 따라 난 길을 지나던 여행객들은 그런

루시의 모습을 바라보면서 오랫동안 잊고 있었던 다정한 마음을 다시 떠올리고는 했다. 작은 꽃봉오리였던 아이는 어느덧 아름답게 피어난 꽃이 되어 사람들의 마음을 움직이고 있었다.

하지만 루시가 한 사람의 여성으로 성장했다는 사실을 아버지는 아직 깨닫지 못했다. 아버지는 자신의 아이를 언제나 아이로만 생각하는 법이다. 아이에서 여자로 향하는 신비한 변화는 매우 미묘하고 느리기 때문에 언제부터라고 꼭 꼬집어서 말할 수 없기도 하다. 특히 그녀 자신도 누군가의 목소리, 누군가의 손길이 닿아 마음이 설레는 순간, 비로소 그 사실을 자각해 자부심과 불안을 느끼게 되며 자신 속에서 새로운 감정이 눈떴다는 사실을 깨닫게 될 것이다. 또한 태어났던 당시에 일어난 사소한 일을 기억하는 여성은 거의 없을 것이다. 하지만 루시 페리어의 경우는 그 사건이 그녀와 주위 사람들의 운명을 바꿀 정도로 컸기 때문에 사소한 일이라고는 결코 말할 수 없다.

무더운 6월의 아침이었다. 그날도 모르몬 교도들은 자신들의 상징으로 삼고 있는 꿀벌처럼 열심히 일하고 있었다. 들판과 거리마다 사람들이 바쁘게 일하는 소리가 가득 차올랐다. 먼지가 자욱한 큰 길에는 무거운 짐을 나르는 노새들의 행렬이 하나같이 서쪽으로 이어지고 있었다. 그 행렬은 서부를 향해 가는 중이었다. 당시 캘리포니아에 금광 바람이 불면서 그곳에 이르는 길목에 위치한 솔트레이크시티로 사람들이 몰려든 것이었다. 거기에는 외진 방목지에서 온 양 떼와 황소 떼, 끝없는 여행에 지칠 대로 지친 이주민들도 뒤섞여 있었다. 이 잡다한 무리 사이로 기다란 밤색 머리카락을 흩날리며 말을 타고 오는 여인이 있었다. 격렬한 운동을 한 탓인지 얼굴이 붉게 물든 여인은 바로 루시 페리어였다. 아버지의 심부름 때문에 시내로 향하던 그녀는 언제나처럼 거침없이 말을 달리고 있었다. 여행에 지친 나그네들은 휘둥그레진 눈으로 그녀를 바라보았다. 제 감정을 잘 드러내지 않는 인디언들조차 그녀의 아름다움에 놀라며 시선을 떼지 못했다.

마을 외곽으로 접어들었을 때, 루시는 거대한 소 떼와 마주치게 되었다. 대여섯 명의 카우보이들이 초원에서부터 몰아 온 것이었다. 그녀는 소 떼가 지나가기를 기다리기 싫어서 소들 사이의 빈틈으로 말을 몰았다. 하지만 황소들은 길을 내주기는커녕 그녀 주변을 완전히 둘러싸버렸다. 부리부리한 눈에 길고 큰 뿔을 가진 황소들 틈에서 두려움을 느낄 법도 했지만 이미 가축을 다루는 일에 능숙한 루시는 크게 놀라지 않았다.

어떻게든 소 떼 사이를 비집고 뚫고 나가려고 했다. 그때 일부러 그랬는지 우연이었는지 모르겠지만 소 한 마리가 뿔로 말의 배를 힘차게 받았다. 말은 곧 앞발을 들고 서서 거친 숨을 내쉬며 이리저리 미친 듯이 날뛰었다. 말 타기에 능숙한 사람이 아니면 벌써 떨어졌을 것이다.

루시는 죽음을 눈앞에 두고 있었다. 미친 듯 날뛸 때마다 말은 소의 뿔에 부딪쳤으며, 그 때문에 더욱 날뛰었다. 루시는 죽을힘을 다해서 안장에 매달렸다. 만약 말에서 떨어진다면, 겁에 질려 통제가 불가능해진 소 떼의 발굽에 짓밟히고 말 것이다. 이런 갑작스러운 사고를 처음 당한 루시는 눈앞이 깜깜해져 고삐를 쥐고 있던 손에서 힘이 빠져 나갔다. 그녀 주위로는 앞을 구분하기 힘들 정도로 먼지가 자욱하게 일어났고 사방으로 날뛰는 소 떼가 내뿜는 입김 때문에 숨쉬기조차 힘들었다. 공포에 질린 루시가 자포자기하는 심정으로 말고삐를 놓으려는 순간이었다. 그녀의 바로 옆에서 힘찬 목소리가 들려왔다.

"내가 도와주겠소."

그리고 햇빛에 그을린 손이 불쑥 튀어나와 루시가 탄 말의 고삐를 잡더니 소 떼 바깥으로 말을 끌고 나갔다.

"다친 데는 없나요?"

그녀를 구해준 사람이 정중하게 물었다. 루시는 씩씩한 얼굴의 그 사람을 올려다보다가 갑자기 웃음을 터뜨렸다.

"깜짝 놀랐어요. 목동이 소 때문에 그렇게 겁을 먹게 될 줄이야."

"말에서 떨어지지 않은 게 다행입니다."

남자가 미소를 지으며 말했다. 키가 크고 야성미가 넘치는 젊은 남자였다. 다리에 멋진 털이 난 말을 타고 있던 그 젊은이는 수수한 사냥복 차림을 하고 어깨에 긴 라이플을 둘러메고 있었다.

"존 페리어의 따님이시죠? 언젠가 말을 타고 집에서 나오시는 걸 본 적이 있습니다. 집에 가셔서 세인트루이스에 살고 있는 제퍼슨 호프를 기억하고 있는지 여쭤보십시오. 만일 제가 알고 있는 페리어 씨가 맞다면, 저희 아버지를 잘 알고 계실 겁니다."

"집에 오셔서 직접 물어보시지 그러세요?"

루시가 조용히 말했다. 그 말을 들은 젊은이의 얼굴에 기쁨의 빛이 감돌았다. 그는 검은 눈을 반짝이며 말했다.

"그렇게 하겠습니다. 우리는 두 달 동안이나 산에 있었기 때문에 이렇게 초라한 모습을 하고 있으니 그 점은 용서해주시기 바랍니다."

"아버지도 고마워하실 거예요. 아버진, 저를 아주 많이 사랑해주시거든요. 소의 발에 짓밟혔으면 평생 슬퍼하셨을 거예요."

"나도 그랬을 겁니다."

젊은이가 말했다.

"어머, 당신이? 하지만 당신하고는 상관없는 일이잖아요? 우리는 친구도 아무것도 아니니."

그 말을 들은 젊은 사냥꾼의 얼굴은 금세 어두워졌다. 루시 페리어가 웃으며 말했다.

"어머, 농담이에요. 우리는 이제 친구잖아요. 그러니 우리 집에 꼭 오세요."

루시의 시원스러운 웃음소리에 남자의 얼굴에도 안도의 미소가 떠올랐다.

"난 지금 가봐야 해요. 너무 늦으면 앞으로 아버지가 내게 일을 맡기지 않을지도 모르거든요. 그럼 안녕히!"

"안녕!"

젊은이는 챙이 넓은 모자를 벗고 고개를 숙여 루시의 작은 손에 키스했다. 루시는 곧장 말머리를 돌린 다음 채찍질해 넓은 길을 쏜살같이 달려갔다. 그녀가 지나간 길로 뿌연 먼지 구름이 피어올랐다.

루시의 뒷모습을 바라보던 제퍼슨 호프는 다시 동료들과 합류했다. 그들이 솔트레이크시티에 온 것은 발견한 광맥을 채굴할 자금을 조달하기 위해서였다. 제퍼슨은 동료 그 누구에게도 뒤지지 않을 만큼 일에 정열적이었다. 그런데 생각지도 못했던 만남을 맞닥뜨려 일에 대한 것이 머리에서 사라져버렸다.

시에라의 산들바람처럼 신선하고 아름다운 여성과의

만남이 야성적이고 격렬한 열정의 사나이 제퍼슨을 뒤흔들어놓은 것이었다. 루시의 모습이 사라지는 순간, 그는 자신이 인생의 기로에 서 있다는 사실을 깨달았다. 지금 마음을 뒤흔드는 일에 비한다면, 은맥으로 돈을 버는 일을 비롯한 다른 모든 일은 그저 사소한 일들에 지나지 않았다. 제퍼슨의 마음을 사로잡은 것은 소년에게서 흔히 볼 수 있는 일시적인 연애 감정이 아니었다. 강한 의지와 자존심을 가진 사내의 마음을 불타오르게 하는 격렬한 사랑이었다. 그는 지금까지 자신이 계획한 일들에서 전부 성공을 거두었다. 이번 일도 노력과 인내로 성공할 수 있는 일이라면 얼마든지 최선을 다하겠다고 그는 맹세했다.

그날 밤, 그는 존 페리어의 집을 방문했다. 그 후에도 몇 번에 걸쳐서 방문했고, 그러는 동안 페리어의 집안과 가까워지게 되었다. 페리어는 지난 12년 동안 계곡에 처박혀서 일만 했기 때문에 세상 돌아가는 일을 알 기회가 없었다. 제퍼슨 호프가 세상을 알 기회를 제공해주었다. 존뿐만 아니라 루시도 그의 이야기에 귀를 기울였다.

제퍼슨은 캘리포니아에서 벼락부자가 된 사람들의 이

야기를 전해주었다. 그 자신이 캘리포니아에서 개척민 생활을 했기 때문에 일확천금을 손에 쥔 사람이나 재산을 몽땅 잃은 사람의 이야기를 많이 알고 있었다. 또 자신이 해왔던 탐사 활동, 덫 사냥꾼, 은광 개발업, 목동 일에 관한 이야기도 늘어놓았다. 그는 흥미로운 모험이 있으면 언제든지 그곳으로 달려갔다.

존 페리어는 재미난 이야기꾼인 제퍼슨에게 금세 호감을 느꼈다. 그리고 누구에게나 그의 장점을 입에 침이 마르도록 칭찬했다. 그럴 때면 루시는 아무런 말도 하지 않았지만, 붉어지는 뺨과 밝고 즐거운 듯한 눈빛을 보면 그 마음이 제퍼슨에게 쏠리고 있다는 것을 확실하게 알 수 있었다. 고지식한 아버지는 딸의 그런 마음을 눈치채지 못했지만, 그녀의 마음을 사로잡은 사내의 눈은 그것을 놓칠 리가 없었다.

어느 여름 저녁이었다. 제퍼슨은 페리어의 집 앞에 말을 멈춰 세웠다. 집 안에 있던 루시가 제퍼슨이 온 것을 알고는 날 듯이 달려나왔다. 제퍼슨은 울타리 위에 말고삐를 얹어놓고는 그녀에게로 다가갔다. 그는 루시의 손을 꼭 쥐고 그윽하게 그녀의 눈을 보면서 말했다.

"루시, 나는 곧 떠나요. 지금은 함께 가자고 할 수 없지만, 다음에 다시 돌아왔을 때는 함께 가줄 수 있겠소?"

"그게 언제쯤인데요?"

루시는 얼굴을 붉히더니 웃으며 물었다.

"늦어도 두 달이면 돌아올 거요. 사랑하는 루시, 그때는 떳떳하게 당신을 데리고 갈 거요. 그 무엇도 우리 사이를 갈라놓을 수는 없소."

"우리 아버지는 뭐라고 하시던가요?"

"은광 일만 잘 된다면 허락한다고 하셨소. 광산 일은 잘 풀릴 거요."

"어머, 잘됐네요. 아버지와 당신이 그렇게 결정하셨다면 난 더 이상 할 말이 없어요."

루시는 붉게 달아오른 뺨을 제퍼슨의 넓은 가슴에 대고 속삭였다.

"고맙소!"

제퍼슨은 감격에 겨워 대답하고는 몸을 숙여 루시에게 키스했다.

"이걸로 모든 게 결정되었소. 더 이상 이곳에 머물면 떠나기만 힘들어질 뿐이요. 친구들이 계곡에서 나를 기다리고 있으니 이만 가겠소. 안녕, 내 사랑, 두 달 후에 봅시다."

제퍼슨은 차마 떨어지지 않는 발길을 억지로 돌려 말에 올라탔다. 그는 한 번이라도 뒤돌아보면 자신의 마음이 바뀔까 봐 그저 앞만 보고 달렸다. 루시는 사랑하는 이의 모습이 보이지 않게 될 때까지 문 앞에 서 있었다. 루시 페리어, 누가 뭐래도 그녀는 유타에서 가장 행복한 여자였다.

보이지 않는 손

제퍼슨 호프와 그의 동료들이 솔트레이크시티를 떠난 지 3주일이 지났다. 존 페리어는 제퍼슨이 돌아오면 사랑하는 루시를 떠나보내야 한다는 생각에 마음이 아팠다. 하지만 밝고 행복해 보이는 딸의 얼굴을 보고 있노라면 결혼을 반대할 이유가 조금도 없었다. 페리어는 딸을 절대로 모르몬교 신자와 결혼시키지 않겠다고 굳게 결심했다. 모르몬교 신자와의 결혼은 더럽기 짝이 없는 일이라고 생각하고 있었기 때문이다. 그는 모르몬교의 교리를 어떻게 생각하는가는 잠시 제쳐두고라도, 이 한 가지 점에 대해서만은 생각을 굽히지 않았다. 하지만 당시 성도들의 땅에서 그 말을 입 밖으로 꺼내면 이단자로 취급받아 신변에 위험이 생길 것이 뻔했다. 그 때문에 페리어는 입을 다물고 있을 수밖에 없었다.

그것은 틀림없이 위험한 일이었다. 그 때문에 제아무리 신앙심이 두터운 사람이라 할지라도 종교상의 의견을 이야기할 때는 숨을 죽이듯 이야기했다. 한번 오해를 받게 되면 바로 보복을 당할지도 몰랐기 때문이다.

그런데 희한하게도 한번 박해의 희생양이 된 사람들은 그 누구보다도 잔인한 박해자로 돌변했다. 박해의 수준은 입에 담기조차 끔찍할 정도였다. 잔혹하기로 유명한 스페인의 세비야에서 행해졌던 종교 재판, 독일의 비밀 재판, 이탈리아의 비밀 결사 등에서도 당시 유타 지방을 둘러싸고 있던 검은 구름과도 같은 무시무시한 조직을 갖고 있지는 못했다.

이 조직이 더욱 무서운 것은 그들이 눈에 띄지 않도록 비밀리에 활동하기 때문이었다. 전지전능한 하느님과 같았으며, 목소리도 들리지 않고 모습도 보이지 않았다. 교회에 반대되는 의견을 냈던 사내는 행방불명이 되었다.

어디로 사라졌는지 무슨 일이 일어났는지 아는 사람은 아무도 없었다. 아내와 자식들은 집에서 그가 돌아오기를 기다렸지만, 비밀 재판에서 어떤 판결을 받았는지 이야기해줄 사람은 끝내 돌아오지 않았다.

경솔한 언동에는 응징이 따르게 마련이었다. 그런데도 사람들은 그들의 머리 위에서 내려다보고 있는 무시무시한 힘의 본질에 대해 조금도 알 수가 없었다. 사람들이 두려움에 떨며 황야에서조차 가슴에 품고 있는 의견을 말할 용기를 내지 못했던 것도 어찌 보면 당연한 일이었다.

이 정체를 알 수 없는 공포의 힘도 처음에는, 일단 모르몬교 신자가 되었다가 나중에 이를 위반하거나 혹은 개종하려고 하는 자들에게만 가해졌다. 그러나 곧 범위가 확대되었다. 그 무렵 성인 여성들의 숫자가 점점 줄어들었기 때문이었다. 일부다처제도 여자가 없다면 결국은 말뿐인 교리가 되어버리는 것이다.

그런데 희한한 일이 일어났다. 이전까지 인디언이 나타난 적이 없는 지역에 있는 마을이 습격을 받아 마을 사람들이 살해되었다는 소문이었는데, 그때마다 장로들의 집에 있는, 여자들이 기거하는 방에 새로운 여자들이 모습을 나타낸 것이다. 비탄에 잠긴 그녀들의 얼굴에는 지울 수 없는 공포의 빛이 감돌고 있었다. 산속에서 야영을 했던 여행객들의 말에 의하면, 복면에 무장을 한 무리들이 소리도 없이 바로 옆을 지나쳐 갔다고 했다. 이런 소문들은 점점 구체적이 되었고, 곧 정확한 이름까지 알려졌다. 지금도 서부 산간의 목장 등에서는 다나이트(단Dan 족의 일원을 이르는 말. 1837년 무렵에 결성된 것으로 여겨지는 모르몬교의 비밀 결사의 일원) 단이나 복수의 천사 등의 이름은 무시무시한 것으로 여겨지고 있다. 이런 잔학한 짓을 일삼는 조직의 정체가 밝혀졌지만, 사람들의 공포심은 줄어들기는커녕 더욱더 강해져만 갔다. 누가 이 잔인한 조직에 속해 있는지 아는 사람은 아무도 없었다. 종교의 이름으로 피의 폭력을 휘두른 사람들은 결코 밝혀지지 않았다. 친구에게 예언자와 예언자의 사명에 대해서 의문을 제기하는 마음을 밝히면, 그 친구가 밤에 횃불과 칼을 빼들고 무시무시한 벌을 가하러 나타날지도 모르는 일이었다. 그렇기 때문에 모든 사람이 이웃을 두려워하게 되었으며,

마음속으로 생각하는 일을 결코 입 밖으로 내지 않게 되었다.

어느 맑은 날 아침이었다. 밀밭으로 나가려던 존 페리어는 대문이 삐걱거리는 소리를 들었다. 창으로 내다보니 갈색 머리에 다부진 체격의 중년 사내가 정원의 조그만 길을 따라 들어오고 있는 모습이 보였다. 그는 예언자인 브리검 영이었다. 페리어는 공포에 떨면서 모르몬교의 교주를 맞으러 현관까지 달려갔다. 이런 방문이 반가운 소식을 가져다줄 리 없다는 사실을 페리어는 잘 알고 있었다. 엄한 얼굴을 한 예언자는 페리어의 인사를 차갑게 받아넘기며 거실로 따라 들어왔다.

"페리어 형제!"

브리검 영이 사람을 꿰뚫어보는 듯한 시선으로 페리어를 쏘아보며 말했다.

"지금까지 모르몬교의 참된 신자들은 당신의 좋은 친구였소. 사막에 쓰러져 있던 당신을 구하고 먹을 것을 나누어주었으며, 이 '선택받은 계곡'까지 무사히 인도했소. 그리고 충분한 토지를 주었고, 우리의 보호 아래서 부를 쌓는 일도 허락했소. 제 말이 틀립니까?"

"아닙니다. 말씀하신 대로입니다."

존 페리어가 대답했다.

"그에 대한 보답으로 우리는 단 하나의 조건만 제시했을 뿐이오. 그것은 진심으로 신앙을 받아들여 모든 일을 모르몬교의 관행에 따르라는 것이었소. 당신은 그렇게 하겠다고 약속했고. 그런데 그 약속을 무시한다는 소문이 내 귀에까지 들어왔소."

"저는 약속을 무시한 적이 없습니다. 교회에 기부금을 내지 않았나요? 예배를 보러 교회에 가지 않은 적이 있었나요?"

페리어는 두 손을 앞으로 내밀며 항변했다.

"당신의 아내들은 어디에 있소?"

예언자가 방 안을 둘러보며 물었다.

"인사를 하고 싶으니 이리 불러오시오."

"결혼하지 않은 건 사실입니다. 하지만 마을에 여자들이 부족할 뿐만 아니라 저보다 자격이 훌륭한 남자가 많습니다. 저는 결코 외롭지 않습니다. 필요한 일은 딸아이가 다 해주고 있으니까요."

모르몬교의 교주가 말했다.

"그 딸아이의 문제도 있고 해서 내가 온 거요. 당신의 딸은 유타의 꽃이라고 불릴 만큼 성장했소. 이 지역의 신분 높은 사람들 사이에서 좋은 평을 얻고 있고."

존 페리어는 가만히 신음 소리를 냈다.

"그런데 그 딸에 대한 소문이 돌고 있소. 믿고 싶진 않지만, 이교도와 약혼을 했다는 소문이오. 물론 근거 없는 헛소문일 거요. 성 조셉 스미스가 말씀하신 열세 번째 율법을 알고 있지요? '참된 신앙을 가진 딸은 선택받은 백성과 결혼해야 한다. 이교도와 결혼하는 것은 커다란 죄다.' 율법이 이러니 신성한 신앙을 가진 당신은, 딸이 율법을 어기도록 내버려두진 않겠지요?"

존 페리어는 입을 다문 채 불안한 기색으로 승마용 채찍을 만지작거렸다.

"당신의 신앙이 얼마나 굳건한지 시험할 때가 왔소. 네 장로의 신성한 호의에 의한 결정이오. 당신의 딸은 젊으니 백발의 노인과 결혼하라고 하지 않겠소. 또한 상대를 골라서도 안 된다고 하지 않겠소. 다만 우리 장로들에게는 여자가 많으나 자식들에게는 부족하다는 사실을 기억하시오. 스탠거슨 장로와 드레버 장로에게는 각각 아들이 있소. 양쪽 모두 당신의 딸이라면 기꺼이 받아줄 거요. 둘 중 하나를 택하도록 하시오. 두 사람 모두 젊고 재산도 있으며 참된 신앙인이오. 당신은 어떻게 생각하오?"

페리어는 얼굴을 찌푸린 채 한동안 말이 없다가 드디어 입을 열었다.

"조금만 더 기다려주실 수 없습니까? 딸아이가 아직 어려서 결혼할 만한 나이가 아닙니다."

"선택할 시간을 한 달 주겠소. 한 달 후엔 딸이 답을 주어야 하오."

브리검 영이 자리에서 일어서며 말했다. 현관으로 나가던 브리검 영이 갑자기 뒤돌아보았다. 그의 얼굴은 분노로 벌겋게 물들어 있었으며, 눈은 불타오르는 듯했다.

"존 페리어, 네 장로의 결정을 어길 생각이라면, 당신은 그때 시에라 블랑코 산에서 백골이 되는 게 더 나을 뻔한 신세가 될 거요."

브리검 영은 협박을 하듯이 쥐고 있던 두 주먹을 내밀어 보이고는 밖으로 나갔다. 존 페리어의 귀에 정원의 자갈길을 밟으며 돌아가는 교주의 발소리가 들려왔다. 페리어는 팔꿈치를 무릎에 댄 채 가만히 앉아 있었다. 그런데 그때 부드러운 손길이 페리어의 손을 감쌌다. 고개를 들어보니 옆에 루시가 서 있었다. 파랗게 질린 겁먹은 얼굴만 보고서도 교주의 이야기를 들었다는 사실을 알 수 있었다. 그녀가 아버지의 표정을 살피며 말했다.

"안 들을 수가 없었어요. 그 사람의 목소리는 온 집 안에 울려퍼지는걸요. 아, 아버지, 우리는 이제 어떻게 해야 하죠?"

"걱정할 것 없다."

페리어는 그녀를 끌어안고 거칠고 커다란 손으로 밤색 머리칼을 쓰다듬어주며 말했다.

"어떻게든 해보겠다. 이 정도 일로 제퍼슨에 대한 마음이 변하는 건 아니겠지?"

루시는 그저 훌쩍이며 아버지의 손을 힘차게 잡았을 뿐이었다.

"물론 그럴 리가 없겠지. 그런 대답은 나도 듣기 싫다. 제퍼슨은 좋은 청년이고 기독교인이다. 이곳 사람들은 제아무리 기도하고 설교를 한다 해도 기독교는 아니다. 내일 네바다로 출발하는 무리가 있으니, 우리가 처한 상황을 알리는 편지를 써서 제퍼슨에게 전해달라고 하자. 내가 제퍼슨을 제대로 봤다면 그는 채찍을 가한 말보다 더 빨리 돌아올 게다."

루시는 아버지의 표현이 우스워서 눈물을 흘리다가 웃음을 지어 보였다.

"그 사람이 돌아오기만 하면 틀림없이 가장 좋은 방법을 생각해낼 거예요. 하지만 내가 걱정하는 건 아버지예요. 예언자의 말을 거역한 자는 반드시 끔찍한 일을 당하게 된다잖아요."

"우리는 아직 그를 거역한 게 아니야."

페리어가 미소를 지으며 말했다.

"게다가 그때에 대비할 충분한 시간도 있고 하니, 한 달 안에 유타를 탈출하는 것이 좋겠구나."

"유타에서 탈출한다고요?"

"그래."

"그럼 농장은 어떻게 하고요?"

"팔 수 있는 건 전부 팔고, 나머지는 버리고 가는 수밖에 없지. 사실 이런 마음을 먹은 게 이번이 처음은 아니란다. 이곳 사람들은 예언자의 말에 따르지만, 나는 다르다. 그 누구에게도 머리를 숙이고 싶지 않아. 나는 자유롭게 태어난 미국인이다. 이런 생활에는 적응할 수가 없어. 너무 나이를 먹어서 그런 건지도 모르지. 그 예언자가 다시 우리 농장 주변에서 어슬렁거린다면, 이번에는 사슴을 쫓던 총알이 빗나가 그자에게 맞을지도 모른다."

"하지만 그 사람은 우리가 도망가도록 내버려두지 않을 거예요."

루시가 말했다.

"제퍼슨이 돌아올 때까지 기다리자. 그러면 무슨 수가 생기겠지. 그때까지는 걱정 말고 눈물을 보여서는 안 된다. 그런 모습을 본다면 교주가 또 한마디하려고 올 테니 말이다. 하나도 걱정할 것 없다. 그리고 위험한 일도 일어나지 않을 거야."

존 페리어는 일부러 자신만만하게 말하며 딸을 안심시켰다. 하지만 그날 밤 루시는 아버지가 평소보다 더 단단히 문을 걸어 잠그는 것을 지켜보았다. 그리고 침실 벽에 걸어두었던 녹슨 산탄총을 꺼내 조심스럽게 닦고 탄환을 장전해두는 것을 보았다.

목숨을 건 탈출

브리검 영이 찾아온 다음 날 아침, 존 페리어는 눈을 뜨자마자 솔트레이크시티로 갔다. 그는 전부터 알고 지내던, 네바다 산맥을 향해 출발하는 사람을 만나 제퍼슨 호프에게 보내는 편지를 건네주었다. 그 편지에는 자신들 부녀의 신변에 위험이 닥쳐오고 있으니 가능한 한 빨리 돌아오기 바란다는 내용이 담겨 있었다. 편지를 건네주고 나서 조금 마음이 놓인 그는 밝은 기분으로 집에 돌아왔다.

그런데 그가 농장 가까이에 왔을 때였다. 대문 기둥에 말 두 마리가 매여 있는 것을 본 그는 놀라지 않을 수 없었다. 더욱 놀란 것은 젊은 두 남자가 마치 제 집인 것처럼 거실을 점령하고 있는 모습을 보았을 때였다. 한 사람은 얼굴이 길고 창백했는데, 그는 흔들의자에 몸을 깊숙이 묻고 두 다리를 난로에 걸쳐놓고 있었다. 또 다른 한 사람은 목이 굵고 천한 얼굴이었는데, 그는 창 옆에서 주머니에 양손을 찔러 넣은 채 휘파람으로 유행하는 찬송가를 부르고 있었다. 존의 모습을 본 그들은 그저 고개를 까딱일 뿐이었다. 흔들의자에 앉아 있던 사내가 먼저 말을 꺼냈다.

"우리를 처음 보시겠지만, 저 사람은 드레버 장로의 아들입니다. 나는 조셉 스탠거슨, 그 사막에서 당신들 부녀가 하느님의 인도로 참된 신자들인 우리의 동료가 되었을 때 함께 여행했습니다."

"때가 되면 하느님께서 모든 나라를 건져내시리라. 그분의 맷돌은 천천히 돌아가도 매우 고운 가루를 만들어내지요."

드레버 장로의 아들이 콧소리를 내며 말했다. 존 페리어는 냉담하게 머리를 숙였다. 그들이 누구인지는 이미 알고 있었다.

"우리는 아버님의 말씀을 듣고 여기에 왔습니다. 어느 쪽이 당신들의 마음에 들지는 모르겠지만 청혼을 하고 오라고 해서 말입니다. 제게는 아내가 네 명밖에 없지만, 드레버 형제는 벌써 일곱 명입니다. 그러니 내게 청혼할 자격이 있는 듯하군요."

스탠거슨이 말했다.

"쓸데없는 소리 말게, 스탠거슨 형제. 아내가 몇 명인가는 문제가 되지 않아. 아내를 몇 명이나 거느릴 수 있느냐가 문제가 되는 거지. 얼마 전에 아버님으로부터 제분소를 물려받았기 때문에 돈은 내가 더 많네."

"장래성은 내가 더 많지."

스탠거슨이 큰 소리로 맞받아쳤다.

"아버님이 하느님의 부름을 받고 가시면 가죽 제조 공장과 가죽 가공 공장은 내 차지가 된다고. 게다가 나이도 내가 많고, 교회에서의 지위도 내가 더 높지 않은가?"

"결정은 아가씨가 내릴 걸세. 잠자코 아가씨의 결정을 기다리기로 하세."

젊은 드레버는 유리창에 비치는 자기의 모습을 들여다보면서 거만한 웃음을 지어 보였다. 문가에서 두 사람의 대화를 듣고 있던 페리어는 분노로 몸이 떨려 왔다. 승마용 채찍으로 두 사람의 등을 내리치고 싶은 기분을 억제할 수 없을 정도였다.

"이봐."

더 이상 참지 못하고 두 사람에게 다가가며 페리어가 말했다.

"내 딸 아이가 부르면 그때는 와도 좋지만, 그 전에는 얼굴도 내밀지 말게."

두 젊은이는 어이가 없다는 듯이 그의 얼굴을 바라보았다. 두 사람은 청혼을 위해 다툰다는 것은 이 부녀에게 더없이 명예가 되는 일이라고 생각하고 있었다.

"이 방에는 출구가 두 개 있네. 현관과 창문, 어느 문으로 나가고 싶지?"

페리어가 성난 목소리로 외쳤다.

햇볕에 그을린 광포한 얼굴과 당장이라도 휘두를 것 같은 우락부락한 주먹을 본 두 방문객은 자리에서 벌떡 일어나 현관문까지 도망갔다. 늙은 농장 주인은 두 사람을 쫓으며 비웃는 듯한 목소리로 말했다.

"어느 쪽으로 나가고 싶은지 정도는 알려주는 게 어떤가?"

"두고 봅시다. 곧 복수하고 말테니. 당신은 예언자와 네 장로의 결정을 무시했어. 나중에 후회해도 소용없을 거요."

스탠거슨이 분노로 붉으락푸르락해진 얼굴로 말했다.

"천벌을 받아라! 하느님의 손이 당신을 치실 거요!"

젊은 드레버가 외쳤다.

"그 전에 내가 먼저 벌을 내리겠다."

페리어가 치밀어 오르는 분노를 참지 못하고 외쳤다. 만약 그때 루시가 매달려 말리지 않았다면, 페리어는 총을 가지러 2층으로 뛰어올라갔을 것이다. 페리어가 간신히 딸의 팔을 뿌리쳤을 때 날카로운 발굽 소리가 들렸다. 두 청년은 이미 페리어의 손이 닿지 않는 곳까지 도망치고 없었다.

"위선적인 쓰레기 같은 놈들!"

페리어는 이마에 흥건히 고인 땀을 닦아내며 분통을 터뜨렸다.

"네가 저런 녀석들 중 하나의 아내가 되는 걸 보느니 내가 죽는 편이 낫겠다."

"저도 그렇게 생각해요. 하지만 곧 제퍼슨이 와줄 거잖아요."

루시가 밝은 목소리로 말했다.

"그래. 바로 와줄 거다. 빨리와 주었으면 좋겠구나. 녀석들이 어떻게 나올지 알 수 없으니."

사실 그때 누군가 나타나서 늙고 고집 센 농장 주인과 양녀에게 조언을 해주었어야 했다. 유타가 개척된 이래 이처럼 공공연하게 장로들의 권위에 도전한 사람은 아무도 없었다. 사소한 위반도 엄한 벌을 받는 마당에, 이와 같은 반역을 시도한 사람에게는 과연 어떤 운명이 기다리고 있을까?

지위도 재산도 아무런 도움이 되지 않는다는 사실을 페리어는 잘 알고 있었다. 페리어와 동등한 지위와 재산을 가지고 있던 사람들 몇 명이 행방불명되었으며, 그들의 재산은 교회에 몰수되었다. 페리어는 보기 드물게 용감한 사람이었지만 자신을 덮칠, 정체를 알 수 없는 공포의 그림자에 공포를 느끼지 않을 수 없었다. 제아무리 위험한 상대라도 정체를 알고 있다면 용기를 내서 맞서겠지만, 이렇게 시시각각 덮쳐오는 미지의 공포에 대해서는 신경이 날카로워질 수밖에 없었다. 그래도 페리어는 겁먹은 모습을 딸에게 보이고 싶지 않아서 사태를 가볍게 보는 척했다. 하지만 애정이 담긴 루시의 눈은 아버지의 불안해하는 마음을 꿰뚫어보고 있었다.

페리어는 자신이 취한 행동에 대해서 브리검 영이 어떤 메시지를 보내거나 충고를 할 것이라고 생각했다. 그 예상은 적중했다. 하지만 그것은 생각지도 못했던 형태로 찾아왔다.

이튿날 아침, 페리어가 눈을 떴을 때 침대의 이불 위에, 그것도 정확히 심장에 해당되는 부분에 핀으로 꽂아놓은 조그만 쪽지가 있는 것을 보고 그는 오싹해졌다. 그 쪽지에는 다음과 같은 내용이 필기체로 적혀있었다.

'개심하라. 남은 건 29일. 그다음은….'

'그 다음은'이라는 말 뒤에 아무런 협박 문구도 적혀 있지 않았기 때문에 공포심은 더욱 커졌다. 이 경고장을 어떻게 방 안으로 가지고 들어왔을까? 존 페리어는 남몰래 고민했다.

방문과 창문에는 자물쇠를 채웠으며, 하인들은 별채에 기거하고 있었다. 그는 쪽지를 구겨서 버리고 루시에게는 아무런 내색도 하지 않았다. 하지만 이 불의의 일격에 심장이 얼어붙는 것 같았다. 29일이란 틀림없이 브리검 영이 말한 한 달에서 남은 기간을 뜻하는 것이었다. 도대체 이런 신비스러운 힘으로 무장한 적에게 어떤 힘과 용기로 대항한단 말인가? 쪽지에 핀을 꽂았던 그 손으로 페리어의 가슴에 비수를 꽂을 수도 있었다. 페리어는 상대가 누군지도 모른 채 숨을 거둘 수도 있었다.

그다음 날 아침 페리어는 더욱 떨지 않을 수 없었다. 그가 아침 식사를 하기 위해서 식탁에 앉는 순간 루시가 천장을 가리키며 비명을 질렀다. 천장에 '28'이라는 숫자가 적혀 있기 때문이었다. 막대기 끝을 태워 그 끝으로 쓴 글자였다. 루시는 무슨 뜻인지 알 수 없었지만, 페리어는 그

뜻을 가르쳐주지 않았다. 그날 밤 페리어는 총을 든 채 잠을 자지 않고 감시했다. 의심스러운 일은 아무것도 일어나지 않았는데 아침이 되고 보니 문에 페인트로 '27'이라고 커다랗게 적혀 있었다.

그런 나날이 계속되었다. 매일 아침마다 보이지 않는 적이 남은 날의 수를 눈에 띄는 장소에 적어놓은 것이 보였다. 운명의 숫자는 벽이나 마룻바닥에 적혀 있는 경우도 있었다. 때로는 종이에 적어 정원의 벽이나 울타리에 붙여놓기도 했다. 아무리 밤을 새워 감시해도 페리어는 누가 어떤 식으로 그렇게 하는 것인지 알아낼 수가 없었다. 그 숫자를 볼 때마다 그는 미신적인 공포감에 휩싸이고 말았다. 그의 얼굴은 점점 초췌해졌고 마음은 극심한 불안감에 시달렸다. 그에게 남은 희망은 이제 한 가지뿐이었다. 젊은 사냥꾼인 제퍼슨이 네바다에서 돌아와주는 것이었다. 그런데 20에서 15가 되고, 15가 10이 되었지만, 기다리는 제퍼슨에게서는 아무런 연락도 없었다. 큰길에서 들려오는 말발굽 소리나 마부의 목소리가 들릴 때마다 늙은 농장 주인은 기다리던 젊은이가 오는 것이 아닐까 하고 문 밖으로 달려나갔다. 하지만 그의 모습은 어디에도 없었다.

드디어 5라는 숫자가 4가 되고, 3이 되자 페리어는 결국 기력을 잃고 탈출을 포기하게 되었다. 개척지를 둘러싼 산악지대의 지리에 어두운 저로서는 도저히 탈출할 수 없다는 사실을 페리어는 잘 알고 있었다. 통행인이 많은 큰길은 경비가 삼엄했으며, 장로회의 허가를 받지 않고서는 그 누구도 빠져나갈 수 없었다. 어느 길을 택하든 결국에는 잡히고 말 것은 뻔한 일이었다. 그래도 페리어는 딸의 수치라고 생각되는 일은 죽어도 승낙하지 않겠다는 결심을 조금도 바꾸지 않았다.

페리어는 밤에 혼자 앉아서 자기가 처한 현실과 거기에서 빠져나갈 방법을 곰곰이 생각하고 있었다. 하지만 아무리 생각해봐도 뾰족한 수가 생각나지 않았다. 어느새 집 벽에 적힌 숫자는 2가 되었다. 날이 밝으면 숫자는 마지막이 되어버린다. 그 뒤에 무슨 일이 벌어질까? 막연하고 무서운 상상이 차례차례 그의 머리를 스치고 지나갔다. 내가 죽으면 루시는 어떻게 되는 걸까? 주변에 쳐진,

보이지 않는 그물을 빠져나갈 길은 없는 걸까? 그는 아무런 손도 쓸 수 없는 자신이 한심해서 테이블에 엎드려 통한의 눈물을 흘렸다.

그때였다. 사방이 고요한 가운데 무언가를 살살 긁어대는 소리가 들려왔다. 아주 작은 소리였지만 분명 환청은 아니었다. 조용한 밤이라 페리어는 그 소리를 분명히 들을 수 있었다. 그 소리는 현관문 쪽에서 나는 것 같았다. 페리어는 조용히 걸어가 가만히 귀를 기울였다. 잠시 후 다시 조그만 소리가 들려왔다. 상당히 조심하고 있는 듯했다. 누군가 문을 조용히 두드리는 소리인 것임에 틀림없었다. 비밀 재판에서 내려진 암살 지령을 받고 찾아온 한밤중의 암살자일까? 아니면 유예 기간의 마지막 날을 적으러 온 사자일까?

심장이 얼어붙고 신경을 곤두서게 하는 긴박감을 견디기보다는 단번에 살해당하는 것이 나을 것이다. 이렇게 생각한 페리어는 빗장을 열고 문을 열어젖혔다. 밖은 쥐 죽은 듯이 고요했다. 아주 맑은 밤하늘에는 별들이 빛나고 있었다. 울타리와 문으로 둘러친 조그만 정원이 훤히 보였는데, 정원에도 거리에도 사람의 그림자는 보이지 않았다. 주위를 둘러보고 마음이 놓인 페리어는 문득 발밑을 보고 소스라치게 놀랐다. 한 사내가 엎드려 얼굴을 땅에 박고 있었기 때문이다.

너무나도 놀라 기력마저 잃은 페리어는 벽에 기대 손을 입으로 가져가 터져나오려는 비명을 막았다. 엎드려있는 사내의 모습을 언뜻 보았을 때는 부상을 당했거나 죽은 사람이라고 생각했는데, 가만히 들여다보니 그 사내는 뱀처럼 재빠르게 몸을 꿈틀거리며 현관으로 기어 들어왔다. 집 안으로 들어선 그 사내는 재빠른 몸놀림으로 일어나 문을 닫았다. 결의에 불타는 얼굴을 한 사내가 제퍼슨 호프라는 사실을 알았을 때, 늙은 농장 주인은 다시 한 번 놀라지 않을 수 없었다.

"깜짝 놀랐네. 도대체 왜 이런 식으로 나타난 건가?"

페리어가 헐떡이는 소리로 물었다.

"먹을 것 좀 주십시오."

몹시 지친 기색이 역력한 제퍼슨이 쉰 목소리로 말했다.

"꼬박 이틀 동안 먹기는커녕 물 마실 시간도 없었습니다."

제퍼슨은 페리어가 저녁 식사로 먹고 남긴 고기와 빵을 게걸스럽게 먹어치웠다.

"루시는 잘 있습니까?"

배가 어느 정도 차자 제퍼슨이 물었다.

"그래. 하지만 그 아이는 상황이 얼마나 위험한지 모른다네."

루시의 아버지가 대답했다.

"아, 잘하셨습니다. 이 집 주위엔 지금 감시꾼들이 깔려 있어요. 그래서 그렇게 기어 들어올 수밖에 없었습니다. 놈들이 빈틈없는 건 사실이지만 이 와쇼(북아메리카 타호 호수 주변에 살던 인디언) 사냥꾼을 잡기에는 역부족이지요."

든든한 지원자가 왔다는 생각이 들자 페리어는 지금까지와는 달리 새로운 용기가 솟아오르는 듯했다. 그는 활짝 웃으면서 믿음직한 청년의 두 손을 꼭 쥐었다.

"자네가 정말 자랑스럽네. 우리가 처한 위험과 고난을 나누러 이곳까지 와줄 사람이 얼마나 되겠나?"

"그렇습니다. 저는 영감님을 훌륭한 분이라고 생각합니

다. 하지만 만약 영감님 혼자 이런 위험에 처해 있다면 벌집에 머리를 처박는 듯한 이런 위험을 감수하진 않았을 겁니다. 저는 루시 때문에 여기에 온 것입니다. 그녀의 털끝 하나도 건드리지 못하도록 제가 지켜내겠습니다."

페리어는 만족스러운 미소를 지으며 고개를 끄덕였다.

"그래, 우리는 이제 어떻게 해야 할까?"

"내일이 마지막 날입니다. 그러니 오늘밤 안으로 일을 해치우지 않으면 모든 게 끝장입니다. 독수리 계곡에 당나귀 한 마리와 말 두 마리를 묶어놓았습니다. 돈은 얼마나 있습니까?"

"금화로 2,000달러, 지폐로 5,000달러가 있네."

"그 정도면 충분합니다. 저도 그 정도 가지고 있습니다. 이제 우리는 산을 넘어 카슨시티로 가야 합니다. 지금 루시를 깨우는 게 좋겠습니다. 하인들이 집 안에서 자지 않아 다행이군요."

페리어는 제퍼슨의 말에 따라 루시를 깨우고 여행 준비를 시켰다. 그동안 제퍼슨은 먹을 수 있는 것을 모두 찾아내 작은 꾸러미를 만들고 작은 항아리에 물을 가득 담았다. 산에는 샘이 몇 개 되지 않으며, 있다 하더라도 샘과 샘의 거리가 멀다는 사실을 잘 알고 있었기 때문이었다. 그렇게 대충 준비가 끝났을 때 페리어가 떠날 준비를 갖추고 딸과 함께 제퍼슨이 있는 곳으로 돌아왔다. 두 연인은 격렬하게, 그러나 지금은 단 1분이라도 아껴야 했으므로 아주 짧게 인사를 나누었다. 아직도 해야 할 일이 많기 때문이었다.

"즉시 출발하겠습니다."

제퍼슨이 낮지만 단호한 목소리로 말했다.

"앞문과 뒷문은 놈들이 감시하고 있습니다. 옆쪽 창문을 통해 빠져나가면 들판을 가로질러 갈 수 있을 겁니다. 일단 길까지 나가기만 하면 말을 묶어두고 온 독수리 계곡까지 겨우 3킬로미터밖에 안 됩니다. 날이 밝기 전까지 적어도 저 산의 절반은 넘을 수 있을 겁니다."

"만약 잡히면 어떻게 하지?"

페리어가 물었다. 제퍼슨은 웃옷 사이로 삐죽이 나온 권총의 손잡이를 가볍게 두드리더니, 오싹할 정도의 미소를 지으면서 말했다.

"상대가 너무 많으면 두세 명 정도는 죽이고 같이 죽는 거지요."

집 안의 불을 전부 껐다. 페리어는 어두운 창을 통해서 농장을 바라보았다. 자신의 손으로 일군 농장을 영원히 버리려는 순간이다. 하지만 그것은 오래전부터 각오하고 있던 바였고, 또 딸의 명예와 행복을 생각하면 재산을 잃는 정도는 아무것도 아니었다. 나무들은 바람에 흔들리고 있었으며, 보리밭이 조용히 펼쳐져 있었다. 너무나도 평화롭고 고요한 풍경이었다. 도저히 살기가 넘쳐흐르는 풍경으로는 보이지 않았다. 하지만 젊은 사냥꾼의 창백하고 긴장감이 감도는 얼굴은 이 집에 접근해올 때, 살기를 강하게 느꼈다는 사실을 말해주고 있었다.

페리어는 금화와 지폐가 든 자루를 들었고, 제퍼슨 호프는 얼마 되지 않는 식료품과 물을 들었다. 그리고 루시는 자기의 귀중품을 넣은 조그만 보따리를 들었다. 그들은 소리를 내지 않고 천천히 창문을 연 뒤 검은 구름이 조금이라도 주위를 어둡게 만들어주기를 기다렸다가 한 사람씩 작은 정원까지 빠져나갔다. 세 사람은 몸을 웅크리고 소리가 나지 않도록 조심조심 정원을 가로질러 작은 관목 숲에 몸을 숨겼다. 그리고 앞으로 나가 옥수수 밭이 있는 곳까지 갔다. 바로 그때 제퍼슨이 갑자기 페리어와 루시를 나무그늘 속으로 잡아끌었다. 세 사람은 손으로 입을 막은 채 가만히 숨을 죽였다.

대평원에서 자란 제퍼슨의 귀는 살쾡이처럼 예민했다. 세 사람이 어두운 곳으로 몸을 숨긴 순간, 몇 미터 떨어진 곳에서 올빼미의 기분 나쁜 울음소리가 들려왔다. 그러자 바로 조금 떨어진 곳에서 그에 답하는 다른 울음소리가 들려왔다. 그와 동시에 세 사람이 지나가려던 공터에 검은 사람 그림자가 나타나더니 다시 한 번 올빼미의 울음소리로 신호를 했다. 그러자 어둠 속에서 또 다른 사내가 나타났다.

"내일 밤 자정 쏙독새가 세 번 울면."

상관인 듯한 첫 번째 사나이가 명령조로 말했다.

"알겠습니다. 드레버 형제에게도 말해둘까요?"

또 다른 사내가 말했다.

"그러게나. 그리고 다른 사람에게도 말하라고 해. 9에서 7!"

"7에서 5!"

또 다른 사내가 이에 응했다. 두 개의 그림자는 서로 다른 방향으로 사라졌다. 마지막 숫자는 암호임에 틀림없었다. 두 사람의 발소리가 멀어지자 제퍼슨 호프는 재빨리 일어나 두 사람의 손을 잡고 울타리 틈으로 빠져나가 전속력으로 밭을 달렸다. 그는 힘에 부친 그녀를 반쯤 들다시피 해서 서둘러 앞으로 나갔다.

"빨리! 빨리요!"

그는 숨이 차 헐떡이면서도 줄곧 독려했다.

"지금 보초선을 뚫고 나가고 있는 겁니다. 모든 것은 얼마나 빨리 움직이느냐에 달렸습니다. 자, 좀 더 서둘러요."

밭에서 빠져나와 길로 들어서자 편하게 달릴 수 있었다. 한 번 어떤 자와 마주칠 뻔했지만, 밭으로 뛰어들어 간신히 위기를 넘길 수 있었다. 마을 바로 앞에서 제퍼슨은 산으로 들어가는 울퉁불퉁한 길로 두 사람을 데리고 들어섰다. 올려다보니 어둠 속에 험한 봉우리 두 개가 솟아 있었다. 그 사이에 있는 계곡이 말을 묶어두었다는 독수리 계곡이었다. 제퍼슨 호프는 본능적으로 커다란 바위 사이를 지나가기도 하고 물이 말라버린 개울을 건너 간신히 한 바위 밑까지 이르렀다. 그곳에서 말과 망아지가 조용히 그들을 기다리고 있었다.

루시는 당나귀에, 존 페리어와 제퍼슨 호프는 돈이 들어있는 자루와 그 밖의 짐을 가지고 말에 올랐다. 그리고 제퍼슨의 안내로 험하고 위험한 산길을 헤쳐나갔다. 거친 자연에 익숙하지 못한 사람들에게 그 길은 여간 어려운 것이 아니었다. 300미터가 넘는 깎아지른 듯한 검은 산이 위협하듯이 솟아 있었는데, 한쪽은 화석이 되어버린 괴수의 갈비뼈처럼 거칠거칠한 현무암 절벽이었다. 또 다른 한쪽은 둥그런 돌과 무너져 내린 바위 조각들이 높이 쌓여 있어, 단 한 걸음도 발을 내디딜 수가 없었다. 그 사이로 길이라고도 할 수 없는 길이 가느다랗게 나 있었다. 그나마도 아주 폭이 좁아서 일렬로 길게 늘어서지 않으면 빠져나갈 수도 없었다. 게다가 너무 험한 길이었기 때문에 말 타기에 익숙한 사람이 아니었다면 도저히 지나갈 수 없을 것 같았다. 그 정도로 험하고 위험한 산길이었지만, 탈출하고 있는 세 사람의 마음은 가벼웠다.

한 걸음 내디딜 때마다 그만큼 무시무시한 폭력의 세계에서 멀어질 수 있다고 생각했기 때문이었다. 하지만 그들은 곧 모르몬교의 세력권 안에서 완전히 탈출한 것이 아니라는 사실을 알 수 있었다.

세 사람이 지나온 길보다 더 험하고 위험한 장소로 접어들었을 때였다. 루시가 놀라 비명을 지르며 머리 위를 가리켰다. 산길이 내려다보이는 바위 위에 한 보초가 하늘을 배경으로 서 있었다. 그들이 보초가 있다는 것을 안 순간, 보초도 그들을 발견했다.

"누구냐?"

군대식으로 검문하는 목소리가 조용한 계곡에 울려퍼졌다.

"네바다로 가는 여행객입니다."

제퍼슨 호프가 말의 안장 부근에 있는 총 쪽으로 손을 가져가며 대답했다.

보초는 그 대답만으로 만족하지 않았다.

"누구의 허가를 받았느냐?"

"장로회의 허가를 받았습니다."

존 페리어가 대답했다. 그는 모르몬교 신자였기 때문에 장로회가 가장 권위 있다는 사실을 알고 있었다.

"9에서 7."

보초가 큰 소리로 말했다.

"7에서 5."

제퍼슨 호프는 정원에서 들은 암호를 생각해내고 바로 대답했다.

"통과하시오. 하느님의 은총이 함께하기를."

바위 위에 선 경비원이 말했다. 그 지점을 지나자 산길이 넓어져 말이 빨리 달릴 수 있었다. 뒤돌아보니 총에 기대어 서 있는 보초의 모습이 보였다. 세 사람은 '선택받은 민족'의 마지막 보초선을 돌파했다는 사실을 깨달았다. 앞길에 자유가 기다리고 있었다.

악연의 사슬

일행은 밤새도록 구불구불 복잡한 길과 돌덩이가 깔린 길을 달렸다. 몇 번인가 길을 잃고 헤매기도 했지만, 산길에 대한 지식이 풍부한 제퍼슨 덕분에 금세 다시 길을 찾을 수 있었다. 날이 밝아오자 아름답지만 황량한 경치가 눈앞에 펼쳐졌다. 주위는 모두 정상에 눈을 뒤집어쓰고 있는 봉우리들로, 서로의 어깨 너머로 멀리 지평선을 바라보려고 모여 있는 듯했다.

산길의 양쪽으로는 깎아지른 듯한 절벽이 치솟아 있었다. 그 바위 위로는 낙엽송과 소나무들이 세 사람의 머리 위를 덮듯이 자라고 있었는데, 바람이라도 한 번 불면 곧

무너져 내릴 것만 같았다. 그런 염려를 단순히 기우에 지나지 않는 것이라고 말할 수만은 없었다. 이 불모의 계곡에는 이렇게 떨어진 나무와 바위가 여기저기에 널려 있었다. 그들이 지나가는 동안에도 커다란 바위가 굉음을 흘리며 떨어졌다. 그 소리가 고요하기 짝이 없는 계곡에 울려 퍼져 피곤에 지친 말들까지도 두려움에 내달리게 만들었다.

해가 동쪽 지평선 위로 서서히 솟아오르자 높은 산의 정상들이 축제의 불이라도 밝히듯 하나씩 붉은빛을 띠더니, 곧 모든 산들이 붉게 빛났다. 정신을 앗아갈 듯한 그 광경은 세 탈출자의 마음에 용기를 심어주고 새로운 힘을 더해주었다. 세 사람은 바위틈으로 물이 솟아오르고 있는 곳에서 잠시 쉬어가기로 했다. 말에게 물을 먹이고, 그들은 서둘러 아침 식사를 마쳤다. 루시와 페리어가 조금 더 쉬고 싶다고 했지만, 제퍼슨은 그들의 청을 들어주지 않았다.

"지금쯤 녀석들은 추격을 시작했을 겁니다. 서두르지 않으면 우리는 끝장입니다. 카슨시티로 가면 마음껏 쉴 수 있으니 조금만 참으십시오."

그날 세 사람은 하루 종일 고생하며 계곡을 걸었고, 저녁에는 적들에게서 50킬로미터 이상 떨어졌을 거라고 생각했다. 밤이 되자 조금이라도 바람을 피하기 위해 앞으로 튀어나온 바위 아래에서 서로 몸을 바싹 붙이고 잠깐 눈을 붙였다. 하지만 동이 채 트기도 전에 일어나 다시 앞으로 나갔다. 그들은 자신들을 추적해오는 추격자를 전혀 보지 못했다. 제퍼슨 호프는 그들의 손아귀에서 드디어 벗어났다고 생각하며 내심 기뻐했다. 하지만 그는 그 강력한 적이 얼마나 멀리까지 힘을 뻗칠 수 있는지, 얼마나 빠르게 쫓아와 순식간에 사람들을 짓이기는지 모르고 있었다.

탈출한 지 이틀째 되던 날 점심 무렵, 얼마 되지 않던 식량이 거의 다 떨어져버렸다. 물론 그들이 가야 할 길은 아직도 한참이나 남아 있었다. 하지만 제퍼슨은 동요하지 않았다. 산에는 사냥감이 얼마든지 있으며, 라이플 한 자루로 목숨을 연명한 경험이 얼마든지 있었기 때문이다. 그는 일단 살을 에는 듯한 바람을 피하고 남의 눈에 띄지 않을 만한 곳을 찾아냈다. 그리고 페리어와 루시가 언 몸을 녹일 수 있도록 마른 가지들을 모아 불을 피웠다. 그들이 있는 곳은 해발 1,500미터가 넘는 곳이었기 때문에 공기가 매우 차고 추웠다. 제퍼슨은 말들을 안전하게 매어 놓은 뒤 루시에게 말했다.

"잠깐 다녀올 테니 여기서 쉬고 있어요."

"어디를 가시는데요?"

루시가 걱정스러운 눈빛으로 제퍼슨을 올려다보자 그는 부드러운 미소를 지으며 그녀의 어깨를 토닥여주었다. 제퍼슨은 총을 어깨에 둘러메고는 사냥감을 찾아나섰다. 그가 잠시 뒤돌아보자 존 페리어와 루시는 활활 타오르는 모닥불 옆에서 몸을 웅크리고 있었다. 잠시 후 그들의 모습은 바위에 가려 보이지 않았다.

제퍼슨은 계곡에서 계곡으로 3킬로미터 정도를 걸었다. 나무껍질에 난 상처나 그 밖의 것들로 보아 가까이에 곰들이 살고 있는 듯했는데, 실제로 모습은 보이지 않았다. 두어 시간을 돌아다니다 포기하고 돌아서려는 순간이었다. 문득 위를 바라보고는 너무 기뻐서 가슴이 두근거렸다. 머리 위 300~400미터 떨어진 곳에 있는 바위 끝에 양 같아 보이는 머리에 커다란 뿔이 있는 동물이 서 있었던 것이다. 빅혼이라 불리는 동물인데, 밑에선 보이지 않았지만 무리가 있고 그놈은 망을 보고 있는 모양이었다. 다행스럽게도 망을 보는 빅혼은 반대 방향을 보고 있었기 때문에 제퍼슨을 보지 못했다. 제퍼슨은 몸을 엎드리고 바위 위에 총신을 얹어 지탱한 뒤 가만히 조준하여 방아쇠를 당겼다. 빅혼은 공중으로 껑충 뛰어오르는가 싶더니 절벽 끝에서 비틀거리다가 계곡 밑으로 떨어졌다.

하지만 빅혼이 너무나 무거워서 제퍼슨은 뒷다리 하나와 옆구리의 일부를 떼어내는 것만으로 만족해야 했다. 사냥감을 어깨에 짊어진 제퍼슨은 왔던 길을 서둘러 되돌아갔다. 이미 땅거미가 지기 시작하고 있었다. 그런데 얼마쯤 가다가 그는 일이 복잡해졌다는 것을 깨달았다. 사냥감을 찾는 일에 열중하다가 자신도 모르는 사이에 한 번도 와본 적이 없는 깊은 계곡까지 들어서버려 길을 잃어버리고 만 것이다. 그는 몇 개로 갈라진 계곡의 끝에 서 있었는데, 계곡들이 비슷비슷해서 구별해낼 수가 없었다.

하나의 계곡을 따라 1킬로미터 정도 전진하다 전에는 한 번도 만난 적이 없는 급류를 만났다. 그제야 자신이 잘못된 길로 들어섰음을 알아차린 제퍼슨은 다시 다른 골짜기로 향했다. 하지만 결과는 마찬가지였다.

간신히 낯익은 길로 접어들었을 때 주위는 이미 캄캄해져 있었다. 원래 왔던 길로 되돌아가는 것도 그리 쉬운 일은 아니었다. 달이 뜨지 않아서 양쪽의 깎아지른 듯한 절벽 밑이 더욱 어둡게 보였기 때문이다. 사냥감의 무게에 지쳐 숨을 헐떡이는 그는 비틀거리며 겨우 걸었다. 하지만 한 걸음을 뗄 때마다 루시와 가까워지는 것이고, 이 정도의 식량이라야 여행하는 동안 충분히 먹을 수 있을 것이라는 생각에 그는 간신히 걸음을 옮겼다.

제퍼슨 호프는 드디어 출발했던 계곡의 입구에 이르렀다. 주위는 어두웠지만 좁은 계곡의 절벽 모습은 확실하게 알아볼 수 있었다. 다섯 시간 가까이 걸렸으니 틀림없이 걱정을 하며 기다리고 있을 것이다. 그는 기쁨에 넘쳐 가슴이 두근거리기 시작했다. 손을 입에 대고 계곡에 울려 퍼지도록 커다란 소리로 자신이 돌아왔음을 알렸다.

그리고 귀를 기울여 대답을 기다렸다.

그런데 되돌아온 것은 고요한 어둠 속의 계곡에 부딪치며 울려 퍼지는 이곳저곳의 메아리뿐이었다. 다시 한 번 큰 소리로 외쳐보았지만 페리어 부녀로부터는 아무런 응답도 없었다. 정체를 알 수 없는 희미한 공포의 그림자가 그를 감쌌다. 불안에 휩싸인 그는 소중한 사냥감도 내팽개치고 미친 듯이 달리기 시작했다. 바위 모퉁이를 돌아서자 모닥불을 피웠던 곳이 확실하게 눈에 들어왔다. 남아 있는 숯덩이가 아직 벌겋게 빛을 발하고 있었다. 하지만 그가 떠난 뒤에 나뭇가지를 더 얹은 흔적은 보이지 않았다.

주위는 변함없이 고요함에 잠겨 있었다. 공포가 현실이 되었다는 사실을 깨달은 제퍼슨은 서둘러 모닥불이 있는 곳으로 다가갔다. 타다 남은 모닥불 곁에 움직이는 것의 그림자라고는 전혀 찾아볼 수 없었다. 말과 노인과 여자의 모습을 어디에서도 찾아볼 수가 없었다. 그가 자리를 비운 사이에 뭔가 끔찍한 사건이 일어났다는 사실을 확실하게 알 수 있었다. 모든 것을 흔적도 없이 삼켜버린 것이었다. 충격을 받은 제퍼슨 호프는 현기증을 느꼈다. 총으로 몸을 지탱했기 때문에 간신히 쓰러지지 않고 버틸 수 있었다. 하지만 그는 원래 활동적인 사람이었다. 잠시 멍하니 서 있기는 했지만 곧 정신을 차렸다. 꺼져가는 모닥불 속에서 타다 남은 나무토막을 끄집어냈다. 입으로 불어 다시 불을 붙인 뒤, 그 빛으로 주위를 살펴보았다. 바닥에는 헤아릴 수 없이 많은 말발굽이 찍혀 있었다. 수많은 사람이 여기서 두 사람을 따라잡았다는 것을 확실하게 알 수 있었다. 그런 다음 솔트레이크시티로 돌아갔다는 것을 발자국들이 증명해주고 있었다.

"두 사람 모두 데려간 것일까?"

제퍼슨이 작은 목소리로 중얼거렸다. 하지만 그는 시선이 멈춘 곳에서 어떤 형체를 발견하고 깜짝 놀랐다. 모닥불에서 조금 떨어진 곳에 붉은 흙이 두툼하게 쌓여 있는 것이 보였다. 몇 시간 전까지만 해도 없었던 것이다. 새로 만든 무덤이라는 걸 알 수 있었다. 젊은 사냥꾼은 그 옆으로 다가갔다. 무덤 위에 막대기 하나가 꽂혀 있었고, 막대기 끝 갈라진 틈에 종이가 한 장 꽂혀 있었다. 그 종이에는 간단하지만 분명한 글자가 적혀 있었다.

존 페리어

솔트레이크시티의 주민

1860년 8월 4일 사망

불과 몇 시간 전에 헤어졌던 그 건장한 노인이 살해당한 것이었다. 이 세 줄의 글이 그의 묘비명이란 말인가? 제퍼슨 호프는 미친 듯이 다른 무덤은 없는지 주위를 살펴보았다. 그 외에 무덤처럼 보이는 것은 없었다. 무시무시한 추적자들은 정해진 숙명대로 루시를 장로 아들 중 한 명의 첩이 되게 하려고 데려간 것이었다. 자기가 무력해서 그것을 막지 못했다고 생각한 그는 늙은 농장 주인의 무덤 옆에서 죽어버리고 싶은 심정이었다.

하지만 활동적인 그는 다시 한 번 절망감이 야기한 무기력 상태에서 벗어났다. 이제 비록 두 사람을 살릴 수는 없을지라도, 남은 인생을 복수를 위해 바칠 수는 있을 것이다. 제퍼슨 호프는 불굴의 인내심을 가진 사람으로, 복수심 또한 강했다. 인디언들과 함께 생활하며 배운 것이었다. 타다 남은 모닥불을 바라보며 그는 이 슬픔을 잠재우기 위해서는 자신의 손으로 범인들에게 복수하는 수밖에 없다는 사실을 깨달았다.

그는 불굴의 의지와 지칠 줄 모르는 체력으로 한 놈도 남김없이 복수해주겠다고 결심했다. 그는 냉혹하고 창백한 얼굴로 내동댕이치고 왔던 고깃덩이를 주워와 꺼져 가는 불씨를 살린 뒤 2, 3일 먹을 수 있을 만큼 구웠다. 그리고 그것을 챙긴 뒤, 지친 몸을 이끌고 복수의 천사들의 뒤를 좇아 산으로 향했다. 그는 닷새 동안 피곤한 몸과 부어오른 다리를 질질 끌면서 걸었다. 그 계곡의 길은 전에 말을 타고 지났던 길이었다. 밤이 되면 바위틈에서 몇 시간 동안 눈을 붙였고, 언제나 동이 트기 전에 일어나 추적을 계속했다.

엿새째 되는 날, 그는 독수리 계곡에 도착했다. 그곳은 비극의 탈출이 시작된 곳이었다. 그는 솔트레이크시티를 내려다보았다. 완전히 지쳐버린 몸을 총으로 버티고 선 그는 눈 아래 펼쳐져 있는 조용한 마을을 향해 뼈와 가죽만 남은 두 주먹을 불끈 쥐었다. 그런데 눈을 가늘게 뜨고 자세히 살펴보니 거리의 큰길마다 깃발이 나부끼고 있었다. 축제와도 같은 분위기였다. 무슨 일일까 하고 생각하고 있는데, 말발굽 소리가 들리더니 한 사내가 말을 타고 다가왔다. 그 사내는 쿠퍼라는 모르몬교 신자로, 호프가 몇 번 도와준 적이 있는 사람이었다. 그에게 루시가 어떻게 되었는지 물어보려고 말을 걸었다.

"쿠퍼, 제퍼슨 호프일세. 기억하겠나?"

쿠퍼는 놀란 눈빛으로 호프를 바라보았다. 너덜너덜한 옷, 헝클어진 머리, 광기를 띠고 있는 눈, 창백한 얼굴의 부랑자가 예전의 그 세련된 젊은 사냥꾼이라니 도저히 믿어지지 않았다. 간신히 그를 알아본 쿠퍼는 더욱 크게 놀라지 않을 수 없었다.

"여기까지 오다니, 당신 미친 거 아니오? 당신과 얘기하고 있는 걸 누가 본다면 나까지 죽일 걸세! 페리어 부녀의 도망을 도왔다고 장로회에서 수배령을 내렸다고!"

"그런 건 아무래도 상관없네. 장로회가 도대체 뭐란 말인가? 쿠퍼, 이번 일의 경위는 알고 있겠지? 제발 부탁이니, 내 물음에 답해주게나. 우리는 친구 사이가 아닌가?"

"무엇을 알고 싶소? 빨리 물어보시오. 누가 지켜보고 있을지 알 수 없으니까."

쿠퍼가 두려움에 떨며 말했다.

"루시 페리어는 어떻게 되었나?"

"어제 드레버 장로의 아들과 결혼했소. 이봐, 정신 차리시오. 혈색이 안 좋은데."

"괜찮소."

제퍼슨이 기어드는 목소리로 대답했다. 하지만 대답과는 다르게 입술까지 하얗게 변해버린 그는 기대고 있던 바위 위에 털썩 주저앉았다.

"결혼을 했다고?"

"어제 했다네. 그래서 예배당에 깃발이 꽂혀 있는 것이고. 드레버 장로의 아들과 스탠거슨 장로의 아들이 서로 그녀를 차지하려고 소란을 좀 피웠지. 두 사람 모두 추적대에 가담했었다네. 스탠거슨의 아들은 자기가 그녀의 아버지를 쏘아 죽였으니 자기 아내로 삼겠다고 말했다네. 하지만 회의석상에 드레버 파가 많았기 때문에 예언자 영이 그녀를 드레버의 아들에게 건네주었다네. 어제 내가 루시의 얼굴을 봤는데, 얼굴에 죽음의 그림자가 드리워져 있었어. 아마 오래가진 못할 걸세. 마치 유령 같은 얼굴이었어. 이봐, 가려는 건가?"

"그래."

제퍼슨이 힘겹게 몸을 일으키며 말했다. 그의 얼굴은 대리석 조각처럼 딱딱하고 차가웠다. 눈빛만이 번뜩이고 있었다.

"어디로 갈 생각인가?"

"신경 쓰지 말게."

제퍼슨은 총을 어깨에 메고 골짜기 아래로 성큼성큼 걸어 내려갔다. 그리고 야수들이 들끓는 산속으로 사라져 버렸다. 하지만 그 산에 제퍼슨만큼 사납고 위험한 짐승은 없었다.

그로부터 얼마 지나지 않아 참으로 끔찍한 일이 발생했다. 쿠퍼의 예언이 너무나도 정확하게 적중한 것이었다. 아버지의 끔찍한 죽음 때문인지 아니면 억지로 행해진 결혼 때문인지, 가엾은 루시는 시름시름 앓았고 몸이 점점 쇠약해져 한 달이 채 지나기도 전에 숨을 거두었다. 술주정뱅이인 남편은 원래 존 페리어의 재산을 목적으로 한 결혼이었기 때문에 루시가 죽었는데도 별로 슬퍼하지 않았다. 그래도 다른 아내들은 루시를 가엾게 생각해, 모르몬교의 관습에 따라 장지로 떠나기 전날 밤에 빈소에서 밤을 지냈다.

그런데 새벽에 희한한 일이 벌어졌다. 여자들이 관을 둘러싸고 앉아 있는데 갑자기 문이 벌컥 열리더니, 너덜너덜한 옷차림에 얼굴이 새까맣게 탄 사내가 무서운 얼굴로 뛰어들었다. 여자들은 너무나 무서워서 소리도 지르지 못했다. 하지만 남자는 여자들에게는 눈길도 보내지 않은 채 지난날 청순한 영혼이 깃들었던 루시 페리어의 유해 앞으로 다가갔다. 그러고는 몸을 숙여 싸늘하게 식은 여인의 이마에 입을 맞추고는 그녀의 손가락에서 결혼반지를 뺐다.

"이런 반지를 낀 채로 묻히게 할 수는 없다."

사내는 신음 소리와 함께 이렇게 외치더니, 여자들이 비명을 지를 새도 없이 재빨리 계단을 뛰어 내려가 종적을 감추고 말았다. 정말이지, 너무나 순간적으로 일어난 일이었다. 만약 신부의 표식인 결혼반지가 사라지지 않았다면 그 자리에 있었던 사람들조차 꿈을 꾸었다고 생각할 정도였다. 그리고 당연히 다른 사람에게 그 일을 납득시키지 못했을 것이다.

그로부터 몇 개월간 제퍼슨 호프는 산속에서 야수와 같은 생활을 하며 불타오르는 복수의 칼날을 갈았다. 섬뜩한 느낌을 주는 사람이 마을 외곽을 어슬렁거리고 있으며 계곡에 나타나기도 한다는 소문이 마을 전체에 퍼졌다. 한 번은 총알이 스탠거슨의 집 창문을 뚫고 들어와 스탠거슨으로부터 30센티미터도 떨어지지 않은 벽에 박혔다. 또 한 번은 드레버가 절벽 아래쪽으로 접어들자마자 큰 바위가 굴러떨어졌다. 재빨리 몸을 피하지 않았다면 그는 틀림없이 깔려 죽었을 것이다.

두 젊은 모르몬교 신자는 왜 자신들이 생명에 위협을 받게 되었는지 알게 되었고, 제퍼슨을 잡거나 죽이기 위해 수사대를 산으로 보내 사냥을 시켰다. 하지만 그때마다 번번이 실패하고 말았다. 그들은 더욱 신중해졌다. 혼자서 돌아다니지 않았으며 밤 외출도 삼가고, 집에는 경호원을 두었다. 그러다가 얼마 동안 수상한 사람의 모습이 보이지 않고 소문도 잦아들자 조금씩 경계가 풀어졌다. 시간이 흘렀으니 복수심이 사라진 것일지도 모른다고, 제발 그러기를 바란다고 그들은 생각했다.

그러나 제퍼슨의 상태는 이들의 바람과는 정반대였다. 그의 원한은 잊기는커녕 더 넓고 깊어졌다. 그는 원래 강직하고 완고한 사람이었지만 마음에 복수심만 가득해 다른 생각이 들어갈 자리가 없었다. 하지만 그는 무엇보다도 현실적인 사람이었다. 제아무리 무쇠 같은 몸을 가지고 있다 해도 이렇게 끊임없는 긴장감 속에서는 살아가기가 힘들다는 것을 깨달았다. 먹을 것도 제대로 먹지 않고 계속 야외에서 생활했기 때문에 몸이 쇠약해졌던 것이다.

만약 산속에서 쓰러져 죽는다면 복수는 어떻게 한단 말인가? 이런 생활을 계속한다면 틀림없이 그렇게 될 것이다. 만약 그렇게 된다면 적들만 기뻐할 것이라는 사실을 깨달았다. 체력을 회복하고 복수에 필요한 돈을 마련하기 위해 호프는 일단 네바다의 광산으로 되돌아가기로 했다.

처음에는 길어야 1년이면 될 것이라고 생각했다. 그런데 생각지도 못했던 여러 가지 일이 일어나는 바람에 5년 가까이 네바다를 떠나지 못했다.

하지만 호프의 원한과 복수심은 조금도 줄어들지 않았고, 존 페리어의 무덤 앞에 섰던 그날 밤과 마찬가지로 격렬했다. 그는 정의를 위해서라면 목숨도 아깝지 않다는 각오로, 변장을 하고 이름을 바꾼 뒤 솔트레이크시티로 돌아왔다.

하지만 그는 그곳에서 절망스러운 이야기를 들었다. 불과 두어 달 전에 모르몬 교도 사이에 분열이 생겼고, 젊은 신도 몇 명이 장로의 권위에 반기를 들었다는 것이었다. 그 결과 불만을 품은 사람들은 유타를 떠나 기독교로 개종해버렸는데, 그들 중에 드레버와 스탠거슨이 끼어 있었다. 이후로 이들의 행방을 아는 이는 아무도 없었다. 소문에 따르면 드레버는 그곳을 떠날 때 재산 대부분을 현금으로 바꿨지만, 스탠거슨은 거의 빈털터리 몸으로 떠났다고 했다. 이것이 제퍼슨이 전해 들은 그들에 대한 정보의 전부였다.

보통 일이 이쯤 되면 제아무리 강한 집념을 가진 사람이라도 복수는 포기하고 말 것이다. 하지만 제퍼슨 호프의 결심은 조금도 흔들리지 않았다. 그는 가지고 있던 돈은 일절 쓰지 않고 닥치는 대로 일자리를 구해 돈을 벌어 이 마을 저 마을로 원수를 찾아 온 미국을 헤매며 돌아다녔다. 1년, 또 1년 세월이 흘러 제퍼슨의 검은 머리에는 어느덧 새하얀 서리가 내려앉았지만 그는 생애를 건 복수의 날이 오기를 기다리며 사냥개처럼 끊임없이 적을 찾아다녔다.

그리고 마침내 그의 인내심은 결실을 맺었다. 제퍼슨은 꿈에도 잊을 수 없는 원수들의 흔적을 찾아냈다. 창 너머로 잠깐 보았을 뿐이지만 그것만으로도 충분했다. 원수는 오하이오주 클리블랜드시에 있었다. 그는 복수를 계획하며 싸구려 여관으로 돌아왔다. 그런데 그때 마침 드레버도 창문을 통해 밖을 보고 있었다. 드레버는 길에 있던 부랑자가 제퍼슨 호프라는 사실을 깨달았으며, 그의 눈에 살기가 감도는 것을 알아챘다. 드레버는 자신의 비서가 된 스탠거슨과 함께 치안 판사에게 달려가, 예전의 연적이 질투와 원한 때문에 자신들의 목숨을 노리고 있다고 고발했다.

결국 그날 제퍼슨은 보안관에게 체포되었고, 보증인이 없었기 때문에 몇 주일이나 유치장에 갇혀 있어야 했다. 그가 석방되었을 때, 두 사람은 이미 유럽으로 떠나고 없었다. 또다시 좌절한 그는 더욱더 원한을 깊이 새겼고, 다시 추적의 길을 떠났다.

하지만 가지고 있던 돈이 떨어졌기 때문에 한동안 일을 해서 추적에 필요한 돈을 모아야 했다. 유럽으로 향할 경비를 겨우 모은 그는 드디어 유럽으로 향하는 배에 올랐다. 남들이 하기 싫어하는 일을 하며 도시에서 도시로 옮겨 다녔지만, 그들을 따라 잡을 수는 없었다. 상트페테르부르크에 도착하면 그들은 이미 파리로 떠난 뒤였고, 파리에 도착하면 그들은 다시 코펜하겐으로 떠난 뒤였다. 덴마크의 수도인 코펜하겐에 갔을 때도 그들은 이미 런던으로 떠난 뒤였다. 하지만 드디어 런던에서 그들을 따라 잡을 수 있었다.

과연 런던에서 무슨 일이 있었는지에 대해서는 늙은 사

냥꾼의 이야기를 직접 듣는 것이 가장 좋을 것이다. 그의 이야기는 왓슨 박사의 일기에 자세히 기록되어 있다.

왓슨 박사의 이어지는 회상록

처음에 마부는 맹렬한 기세로 저항했지만, 우리를 해칠 마음은 없어 보였다. 왜냐하면 더는 도망칠 수 없다는 사실을 알고는 체념한 미소를 지으며 몸싸움을 할 때 다치지는 않았느냐고 물었기 때문이다.

"이제 나를 경찰서로 데리고 가겠군요?"

마부가 홈즈를 보며 말했다.

"집 앞에 내 마차가 있습니다. 다리를 풀어준다면 내 발로 걸어갈 수 있을 텐데요. 이렇게 살이 쪄버렸으니, 메고 가기가 쉽지 않을 겁니다."

그렉슨과 레스트레이드는 뻔뻔스러운 부탁이라고 생

각한 듯 서로의 얼굴을 바라보았다. 하지만 홈즈는 사내의 말을 믿고 바로 발목을 묶은 수건을 풀어주었다. 사내는 자리에서 일어나더니 자유로워진 것을 확인하듯이 다리를 뻗어보았다. 그런 그의 모습을 유심히 살펴보던 나는 이렇게 튼실하고 늠름한 체격을 가진 사람은 흔하지 않을 것이라고 생각했다. 검게 그을린 얼굴에서는 그 힘에 필적할 만한 무시무시한 결의와 에너지가 넘쳐났다.

"경찰 서장 자리가 비어 있다면 당신을 추천하고 싶을 정도군요. 나를 뒤쫓은 수법은 보통 사람들이 쓸 수 있는 게 아니었으니."

마부가 존경의 눈빛으로 홈즈를 보면서 말했다.

"당신들도 함께 가시는 게 좋을 겁니다."

홈즈가 두 형사에게 말했다.

"제가 마차를 몰지요."

레스트레이드가 말했다.

"그거 고마운 일이군요. 그렉슨 씨는 저와 함께 안에 타주세요. 왓슨, 자네도 이번 사건에 흥미가 있을 테니, 함께 가자고."

나는 기꺼이 따라 나섰다. 우리는 계단을 내려갔다. 체포된 사내는 도망가려는 기색조차 보이지 않고, 침착한 태도로 자신의 마차에 올라탔다. 그 뒤를 따라서 우리도 마차에 올라탔다. 레스트레이드는 마부석에 앉더니, 채찍으로 말을 내리쳤다. 우리는 곧 목적지에 도착했다.

우리는 모두 조그만 방으로 안내되었다. 거기서 한 경감이 용의자의 이름과 살해당한 피해자들의 이름을 적었다. 그 경감은 피부가 하얗고 무표정한 사람이었는데, 사무적으로 일을 추진했다.

"이번 주 안으로 치안 판사의 취조가 있을 겁니다."

경감이 제퍼슨의 얼굴을 보며 말했다.

"제퍼슨 호프 씨, 할 말이 있습니까? 지금부터 당신이 하는 진술은 전부 기록될 것이며, 당신에게 불리한 증거로 사용될 수도 있습니다."

"난 할 말이 아주 많은 사람입니다. 여기 계신 모든 분이 들어주셨으면 합니다."

제퍼슨이 느린 어조로 말했다.

"재판을 받을 때 얘기하는 것이 나을 수도 있습니다."

경감이 말했다.

"내가 재판을 받을 일은 없을 겁니다. 아니, 놀라실 건 없습니다. 자살할 생각은 없으니까요. 박사님, 의사라고 하셨죠?"

제퍼슨이 날카로운 검은 눈으로 나를 보았다.

"그렇소. 의사요."

"그럼 여기에 손을 얹어보세요."

제퍼슨은 미소를 지으며 수갑이 채워진 손으로 자신의 가슴을 가리켰다. 나는 손을 대어보고 바로 알 수 있었다. 그의 심장은 비정상적으로 불규칙하고 강하게 뛰고 있었다. 금세라도 쓰러질 듯한 건물 안에서 강력한 엔진이 요동치는 것처럼 그의 가슴팍이 거칠게 진동하고 있었다.

"당신은 대동맥류 환자군요!"

내가 놀란 어조로 말했고, 제퍼슨이 침착한 어조로 답했다.

"그런 병이라고 하더군요. 지난주에 진찰을 받았는데, 파열 직전이라고 합니다. 몇 년 전부터 좋지 않았어요. 솔트레이크시티의 산속에서 야영생활을 하면서 먹을 것도 제대로 먹지 못했으니까요. 제가 할 일은 다 했으니, 이제는 죽어도 상관없습니다. 하지만 이대로 죽고 싶지는 않아요. 평범한 살인자로 기록되고 싶지는 않으니까요."

경감과 두 형사는 제퍼슨의 진술을 들어야 할지 급히 회의를 했다.

"왓슨 박사님, 위험한 상태입니까?"

경감이 내게 물었다.

"아주 위험한 상태입니다."

"그렇다면 사법적 입장에서도 그의 진술을 듣는 것이 맞다고 판단되는군요."

경감과 두 형사는 서로를 쳐다본 뒤 고개를 끄덕였다.

"제퍼슨 호프, 어디 말해보게나. 다시 말하는 바이지만, 진술이 기록된다는 사실을 잊지 말게."

"괜찮다면 앉아서 이야기하겠습니다."

제퍼슨은 진지한 표정으로 의자에 앉았다.

"동맥류 때문인지 쉽게 피로해지거든요. 사실 아까 한 몸싸움 때문에 지금 몸이 좋지 않습니다. 이제 죽을 몸이니 거짓말할 생각은 없습니다. 지금부터 내가 하는 말은 전부 사실입니다. 당신들이 내 말을 어떻게 이용하든 그건 중요하지 않습니다."

이렇게 말을 꺼낸 제퍼슨 호프는 의자에 몸을 깊숙이 묻더니, 다음과 같은 놀라운 이야기를 시작했다. 그는 별일 아니라는 듯 침착하고 논리 정연하게 이야기해나갔다. 레스트레이드는 그의 말을 있는 그대로 하나도 빼놓지 않고 수첩에 기록했다. 다음 이야기는 레스트레이드의 수첩을 바탕으로 한 것이니, 정확하다는 것을 보증할 수 있다.

*

내일 당장 죽더라도 해야 할 일을 전부 다 했으니 마음 편하게 죽을 수 있습니다. 더 이상 이 세상에 미련은 없습니다. 녀석들을 내 손으로 해치웠으니, 그것으로 족합니다. 왜 녀석들에게 원한을 품게 되었는지는 그리 중요하지 않겠죠. 녀석들은 두 사람—아버지와 딸을 말하는 겁니다—을 죽음으로 몰고 간 죄인입니다. 그래서 죽인 거라고 말하면 그걸로 충분하겠죠. 녀석들이 저지른 범죄는 오래전 일이기 때문에, 법정으로 끌고 간다 해도 유죄 판결을 받게 할 수는 없습니다. 하지만 나는 그들에게 죄가 있다는 사실을 알고 있습니다. 그래서 내가 재판관과 배심원과 사형집행인의 역할을 수행하겠다고 마음먹은 것입니다. 나와 같은 입장에 있는 사내라면 누구나 그렇게 했을 겁니다.

아까 말한 아가씨는 20년 전에 나와 결혼하기로 약속했습니다. 하지만 드레버라는 인간의 강압에 못 이겨 결혼했고, 결국 그 때문에 상심해서 목숨까지 잃었습니다. 나는 그녀의 유해에서 결혼반지를 빼냈습니다. 그리고 드레버가 최후의 순간을 맞을 때 그 반지를 보여주고 자신이 저지른 죄 때문에 죽는다는 것을 똑똑히 알려주겠다고 맹세했습니다. 나는 그 반지를 언제나 지니고 다니면서 두 대륙을 이 잡듯 뒤져 간신히 녀석들을 잡았습니다. 녀석들은 요리조리 피해 다니면 내가 포기할 것이라고 생각하는 듯했지만 어림없는 소리지요.

녀석들에게는 돈이 있었지만 내게는 돈이 없었습니다. 그 때문에 추적을 하는 데 상당히 고생했습니다. 런던까지 왔을 때는 지갑이 거의 비어버린 상태였기 대문에 우선은 일자리를 알아봐야 했습니다.

말을 부리는 일이라면 자신이 있었기에 영업용 마차를 몰아야겠다고 생각하고 찾아가봤더니, 바로 고용해주더군요. 매주 일정한 금액을 입금하기만 하면 나머지는 얼마를 벌든 전부 내 것이 됩니다. 큰돈을 벌지는 못했지만, 그럭저럭 꾸려나갈 수 있었습니다. 가장 힘들었던 건 길을 외우는 일이었습니다. 정말 이 런던만큼 길이 많은 곳도 없을 겁니다. 하지만 지도를 보고 중요한 호텔과 역을 기억하게 되면서부터는 일이 아주 편해졌습니다.

두 사람이 머무는 곳을 찾아내기까지는 시간이 좀 걸렸습니다. 하지만 끈질기게 찾아다니다가 마침내 알아낼 수 있었습니다. 녀석들은 강 건너 캠버웰에 있는 하숙집에 머물고 있었지요. 머물고 있는 곳을 확인했으니, 일은 다 끝난 거나 다름없었습니다. 나는 수염을 기르고 있었기 때문에 그들이 나를 알아볼 염려는 없었습니다. 뒤를 밟으며 기회를 기다리기만 하면 되었지요. 두 번 다시 놓치지 않겠다고 결심했습니다.

나는 녀석들이 어디를 가든 뒤를 밟았습니다. 마차로 뒤를 밟은 적도 있었고, 걸어서 뒤를 밟은 적도 있었습니다. 놓칠 염려가 없으니 마차로 쫓는 게 더 편했습니다. 그래서 영업은 아침 일찍이나 밤늦게 할 수밖에 없었기 때문에 입금할 돈도 제대로 만들지 못했습니다. 하지만 적들만 놓치지 않는다면 상관없기에 크게 신경 쓰지 않았습니다.

녀석들은 꽤 신중했습니다. 틀림없이 누군가 뒤쫓을지도 모른다고 생각하고 있었던 듯합니다. 혼자서는 돌아다니지 않았고, 밤에는 외출도 잘 안 했습니다. 2주일 동안 하루도 빠짐없이 뒤를 밟으며 기회를 엿봤지만, 두 사람은 절대로 따로 행동하지 않았습니다. 드레버는 대부분 술에 취해 돌아다녔지만, 스탠거슨은 조금도 빈틈을 보이지 않았습니다. 아침부터 밤까지 따라다녀도 변변한 기회조차 잡을 수 없었습니다. 하지만 실망하지 않았습니다. 단 하나 걱정이 되었던 것은, 일을 마치기 전에 가슴이 터져버리는 게 아닐까 하는 것이었습니다.

어느 날 밤, 나는 녀석들이 묵고 있는 토퀘이 테라스 거리를 마차로 오락가락하며 감시하고 있었습니다. 그러자 마차 한 대가 녀석들이 하숙하고 있는 집 앞에 멈춰 서더군요. 곧 드레버와 스탠거슨이 짐을 싣고 올라타자 마차가 달리기 시작했습니다. 나는 말에 채찍질을 해 그 뒤를 쫓았는데, 거의 제정신이 아니었습니다. 숙소를 바꾸려는 거나 아닌지 걱정되었기 때문입니다. 녀석들은 유스턴 역에서 내렸습니다. 그래서 그곳에 있던 꼬마에게 마차를 지켜달라고 부탁하고 플랫폼으로 들어갔습니다.

리버풀행 열차에 대해서 묻는 소리가 들렸습니다. 차장은 지금 곧 출발했으니 몇 시간은 더 기다려야 한다고 대답했습니다. 스탠거슨은 실망한 듯했지만, 드레버는 오히려 기뻐하는 듯했습니다. 나는 사람들에 섞여서 바로 옆까지 다가갈 수 있었기 때문에 녀석들이 하는 얘기를 확실하게 들을 수 있었습니다. 드레버는 잠깐 볼일을 보고 바로 돌아올 테니 여기서 기다리라고 말했습니다. 스탠거슨은 언제나 함께 있기로 하지 않았느냐고 항변했습니다.

"이건 매우 미묘한 일이기 때문에 혼자 가봐야 해. 같이 갈 수 없다고!"

드레버가 말했습니다. 스탠거슨이 뭐라고 했는지 듣지 못했지만, 드레버가 갑자기 화를 냈습니다. "너는 고용된 입장에 지나지 않는데 그런 주제에 주인에게 이래라저래라 하니 건방지기 짝이 없다."라고 말했습니다. 이 말을 들은 스탠거슨은 포기한 듯, 마지막 열차를 놓치면 할리데이 프라이빗 호텔에서 만나자고 약속했습니다.

드레버는 11시 전에는 확실히 플랫폼으로 돌아오겠다고 말한 뒤 서둘러 역을 빠져나갔습니다. 오랫동안 기다려온 기회가 찾아온 것이었습니다. 더 이상 놓칠 리가 없었습니다. 둘이 함께 있으면 어떻게든 서로 지켜줄 수 있겠지만, 한 사람뿐이라면 내 마음대로 할 수 있었으니까요. 하지만 나는 서둘러 덮칠 생각은 없었습니다. 계획은 이미 세워뒀으니까요. 누구에게 당하는 것이며 왜 보복을 당하는 건지 확실하게 알려주지 않으면 복수한 보람이 없지 않겠습니까? 나를 괴롭혔던 상대가 지난날의 죗값을 치르는 것임을 알 수 있도록 방법을 생각해뒀습니다.

며칠 전의 일이었는데, 한 신사가 마차로 브릭스턴가에 있는 빈집을 보러 갔었습니다. 그런데 열쇠 하나를 마차 안에 떨어뜨리고 갔습니다. 그날 밤 열쇠를 찾으러 왔기에 돌려줬습니다만, 그 전에 열쇠의 본을 떠 똑같은 열쇠를 하나 더 만들었습니다. 이렇게 해서 누구에게도 방해받지 않을 장소를 이 대도시 속에 하나 마련하게 된 것입니다. 다음은 어떤 방법으로 드레버를 그곳으로 유인하느냐였는데, 이는 상당히 골치가 아픈 문제였습니다.

길을 건너던 드레버는 한두 군데 술집에 들르더군요. 마지막 술집에서는 30분 동안이나 있었습니다. 거기서 나왔을 때 이미 다리가 풀려 있었으니, 상당히 많이 마신 모양이었습니다. 녀석은 내 마차 앞에 있던 마차에 올라탔습니다. 나는 뒤에 바싹 붙어서 마차를 몰았습니다. 워털루 다리를 건너서 몇 킬로미터를 따라가니, 놀랍게도 토퀘이 테라스의 하숙집 앞이었습니다. 무슨 생각으로 되돌아온 건지 도무지 짐작할 수 없었습니다. 우선은 그 하숙에서 10미터 정도 떨어진 곳에 마차를 세웠습니다. 녀석은 안으로 들어가고 마차는 떠나버렸습니다.

*

"죄송하지만 물 한 잔만 주시지요. 얘기를 하면 목이 마르거든요."

내가 물을 주자 제퍼슨이 그것을 마셨다.

"이제 좀 살 것 같네요."

*

나는 거기서 한 15분 정도 기다렸습니다. 그런데 갑자기 그 하숙집에서 싸우는 소리가 들렸습니다. 다음 순간 문이 활짝 열리더니 두 사내가 뛰쳐나왔습니다. 한 사람은 드레버였고, 또 다른 사람은 처음 보는 젊은 사내였습니다. 젊은이는 드레버의 멱살을 잡고 있었는데, 밖의 계단까지 나오더니 드레버를 내팽개치고 발로 찼습니다. 그 바람에 드레버는 길 한복판까지 날아갔습니다.

"이 개 같은 자식! 한 번만 더 순진한 아가씨를 모욕했다가는 진짜 가만두지 않겠다!"

젊은이가 몽둥이를 휘두르며 소리를 질렀습니다. 그 악당이 다리를 질질 끌며 서둘러 도망가지 않았다면, 틀림없이 몽둥이로 두들겨 맞았을 것입니다. 골목까지 도망쳐 나온 드레버는 내 마차에 올라타더니, "할리데이 프라이빗 호텔로 갑시다."라고 말했습니다.

녀석이 마차 안으로 뛰어들었을 때 나는 너무나 기뻐서 심장이 뛰었습니다. 녀석을 해치우기도 전에 심장이 파열하는 게 아닐까 걱정이 될 정도였습니다. 나는 마차를 천천히 몰면서 어떻게 하는 것이 가장 좋은 방법일지 생각했습니다. 이대로 교외로 데리고 나가 인적이 없는 길에서 복수할까도 생각해봤습니다. 그렇게 해야겠다고 마음먹고 있는데, 드레버가 먼저 해결책을 제시해주었습니다. 녀석은 또 술을 마시고 싶었는지, 진을 파는 술집 앞에서 마차를 멈추라고 했습니다. 녀석은 내게 기다리고 있으라고 말하고는 안으로 들어가 가게 문을 닫을 때까지 마셨고, 나왔을 때는 완전히 고주망태가 되어 있었습니다. 이제는 정말 놓칠 리가 없었습니다.

잔혹하기 짝이 없는 살해법을 생각하고 있었던 것은 아닙니다. 가령 그렇게 한다 해도 녀석은 아무런 말도 못 했을 것입니다. 하지만 내게 그럴 마음은 없었습니다. 녀석이 반성하기만 한다면 살아갈 기회를 주겠다고 전부터 생각하고 있었습니다. 나는 미국에 있을 때 여기저기서 여러 가지 일을 했습니다. 요크 대학에서 실험실 심부름꾼 겸 청소부 일을 한 적도 있습니다.

하루는 교수가 독극물에 대한 강의를 하면서 학생들에게 알칼로이드라는 독약을 보여준 적이 있습니다. 남아메리카 원주민의 화살촉에서 추출한 것인데, 극소량으로도 사람을 죽일 수 있다는 것이었습니다. 난 그 독약이 든 병을 잘 봐두었다가 사람이 없을 때 조금 훔쳐냈습니다. 그리고 약을 조합할 줄도 알았기에 그 알칼로이드로 물에 녹는 알약을 만들었습니다. 그리고 그것과 똑같은 무독성 알약도 따로 몇 개 만들어 하나의 상자에 두 종류의 알약을 하나씩 넣었습니다. 때가 오면 상대에게 상자 속에서 하나를 고르게 한 뒤, 나는 고르고 남은 알약을 먹을 생각이었습니다. 이렇게 하면 권총으로 결투를 벌이는 것만큼 두려움을 주면서도 훨씬 더 조용하게 일을 끝낼 수 있을 것이라고 생각했습니다. 나는 언제나 그 알약이 든 상자를 지니고 다녔는데, 드디어 사용할 기회가 온 것입니다.

시간은 자정을 넘어 새벽 1시로 향하고 있었습니다. 주위는 어둡고 쓸쓸했지만 내 마음은 한없이 맑았습니다. 너무 기쁜 나머지 큰 소리로 외치고 싶을 정도였습니다. 20년을 한결같이 바라던 일이 갑자기 눈앞에 펼쳐졌으니, 그런 기분에 빠지는 것도 어쩌면 당연한 일이겠지요. 흥분을 억누르기 위해 담배에 불을 붙여 빨아보았지만, 손은 떨리고 관자놀이는 계속 욱신거렸습니다.

마차를 몰고 가는 동안 나는 어둠 속에서 웃고 있는 존 페리어와 사랑스러운 루시의 모습을 똑똑히 볼 수 있었습니다. 브릭스턴가에 있는 집 앞에 마차를 세울 때까지 그 두 사람은 내 마차의 양쪽에서 나란히 걷고 있었습니다.

인적이 끊긴 거리는 쥐 죽은 듯이 고요했습니다. 빗소리 외엔, 아무런 소리도 들리지 않았습니다. 창문을 통해 안을 들여다보니, 드레버는 취해서 곯아떨어져 있었습니다. 내가 팔을 붙들고 흔들며 말했습니다.

"자, 다 왔습니다."

"아, 수고했네."

녀석은 자신이 가자고 말한 호텔에 도착한 것이라고 생각한 듯했습니다. 아무 말도 없이 나를 따라 정원을 거닐었습니다. 그때까지도 비틀거리고 있었기에, 옆에서 부축해주지 않을 수 없었습니다. 현관까지 가서 문을 열고, 녀석을 거실로 데리고 갔습니다. 그러는 동안에도 두 부녀는 계속해서 우리 앞을 걸어가고 있었습니다.

"왜 이렇게 어두운 거야?"

드레버가 요란스럽게 걸으며 말했습니다.

"지금 불을 켜겠습니다."

그렇게 말하고 성냥을 그어 내가 가지고 온 초에 불을 붙였습니다.

"이봐, 이녹 드레버."

나는 녀석을 향해 돌아서서 촛불을 내 얼굴 쪽으로 가져갔습니다.

"내가 누군지 알아보겠는가?"

녀석은 술에 취해 흐려진 눈으로 한동안 나를 바라봤습니다. 그 눈에 공포의 빛이 감돌고 얼굴이 굳어지기 시작했습니다. 내가 누군지 알아본 거죠. 그는 얼굴이 시퍼렇게 질린 채, 뒷걸음질쳤습니다. 사색이 된 얼굴에서는 땀이 비 오듯 쏟아졌고, 이가 딱딱 부딪쳤습니다. 나는 문에 기대고 서서 마음껏 웃었습니다. 복수가 얼마나 기분 좋은 것인지 알고 있었지만, 이처럼 쾌감을 주는 것이라고는 기대 이상이었습니다.

"이 개 같은 자식아! 솔트레이크시티에서부터 상트페테르부르크까지 너를 노리고 쫓아갔다. 지금껏 한 걸음 차이로 늘 놓쳤지만, 이제 그 도망도 끝이다. 너나 나 둘 중의 하나는 내일 아침 해가 떠오르는 것을 보지 못할 테니 말이야."

녀석은 그 말을 듣더니 미친놈을 보는 듯한 눈빛으로 더욱더 뒷걸음질쳤습니다. 확실히 그때는 제정신이 아니었을 겁니다. 관자놀이의 혈관이 망치질이라도 하듯이 뚝딱거렸는데, 그때 코피가 터지지 않았다면 그대로 졸도하고 말았을 겁니다.

"이봐, 지금은 루시를 어떻게 생각하고 있지? 천벌에서 벗어날 수는 없을 거야. 너도 이걸로 끝장이야."

나는 방문을 잠근 뒤 열쇠를 흔들어 보였습니다. 내가 말을 할 때마다 녀석은 몸을 부들부들 떨었습니다. 아무리 살려달라고 빌어도 소용이 없다는 사실을 깨달은 거지요.

"사, 살인을 할 생각인가?"

녀석은 더듬거리며 말했습니다.

"살인이라고? 미친개를 죽이는 거라고 말해주게. 너는 내 연인의 아버지를 죽이고 그녀를 낚아챘다. 그리고 그 순결한 혼을 네놈의 저주스러운 침실에 가두었다. 그때 조금이라도 그녀가 불쌍하다는 생각은 안 들던가?"

"그 여자의 아버지를 죽인 건 내가 아닐세!"

드레버가 외쳤습니다.

"하지만 루시의 깨끗한 마음을 찢어놓은 건 바로 너야."

나는 잡아먹을 듯이 외친 뒤 약상자를 그의 눈앞으로 내밀었습니다.

"자, 신의 심판을 받기로 하자. 마음에 든 쪽을 골라 먹어. 이 약들 중 하나는 죽음, 하나는 삶이다. 나는 네가 남긴 것을 먹겠다. 이 세상에 정의가 있는지, 아니면 그저 운이 지배하고 있는지를 증명해보자."

녀석은 벌벌 떨면서 소리를 지르기도 하고 살려달라고

애걸하기도 했지만, 나는 칼을 녀석의 목에 들이대고 끝까지 약을 먹게 했습니다. 나머지는 내가 먹었습니다. 우리는 말없이 서로를 바라본 채, 누가 살아남고 누가 죽을지 지켜보았습니다. 한 1분 정도는 그대로 있었을 겁니다. 드디어 최초의 격렬한 통증에 휩싸여, 독을 먹은 것이 자신임을 깨달았을 때의 녀석의 얼굴을 나는 죽을 때까지 잊지 못할 겁니다. 그것을 본 순간 나는 커다란 소리로 웃으며 루시의 결혼반지를 눈앞에 들이댔습니다. 하지만 그것도 눈 깜짝할 새였습니다. 알칼로이드의 효과는 정말 대단한 것이었습니다. 녀석의 얼굴이 경련을 일으키고 격렬한 통증에 못 이겨 두 손으로 허공을 휘어잡으며 비틀거리나 싶더니, 신음 소리와 함께 쿵 하는 소리를 내며 바닥에 쓰러졌습니다. 나는 발로 녀석을 똑바로 눕혀 심장에 손을 대어봤습니다. 고동은 느껴지지 않았습니다. 녀석이 죽은 거지요.

코피는 멈추지 않았습니다만, 나는 신경 쓰지 않았습니다. 왜 그 피로 벽에 글자를 쓸 생각을 했는지 모르겠습니다. 아마 경찰의 수사에 혼선을 빚게 해야겠다는 생각에

서였겠지요. 그때 나는 너무 기뻐서 마음이 들떠 있었으니까요. 뉴욕에서 독일인이 살해된 사건이 있었는데, 시체 위에 RACHE(복수)라는 글자가 적혀 있었다는 사실을 생각해냈습니다. 당시 신문들은 비밀 결사의 소행이라고 떠들어댔습니다. 뉴욕을 떠들썩하게 만들었으니 런던도 떠들썩하게 만들 것이라고 생각하고는 내 피로 옆의 벽에 그 글자를 썼습니다.

그리고 마차로 돌아왔습니다. 여전히 비바람이 거세게 몰아치고 있었으며, 거리에는 아무도 없었습니다. 한동안 마차를 몰고 가다가 문득 주머니에 손을 넣어보니, 당연히 있어야 할 반지가 없었습니다. 눈앞이 캄캄해지는 느낌이었습니다. 그건 단 하나뿐인 루시의 유품이었습니다. 드레버의 시체 위로 몸을 숙였을 때 떨어진 건지도 모르겠다고 생각하고는 다시 되돌아갔습니다. 길 옆에 마차를 세우고 단숨에 빈집을 향해서 달려갔습니다. 반지를 찾을 수만 있다면 무슨 짓이든 할 생각이었습니다.

그런데 빈집 앞에 도착했을 때, 그 집에서 나오던 경찰과 마주치고 말았습니다. 술 취한 척해서 간신히 의심을 피할 수 있었습니다. 이녹 드레버의 살인에 대한 이야기는 이게 전부입니다.

남은 일은 같은 방법으로 스탠거슨에게도 복수하여 존 페리어의 원수를 갚는 일뿐이었습니다. 스탠거슨이 할리데이 프라이빗 호텔에 머물고 있다는 걸 알고 있었기 때문에 계속 감시했지만, 녀석은 한 발짝도 밖으로 나오지 않았습니다. 드레버가 나타나지 않자 무슨 일이 일어났음을 직감한 걸지도 모르겠습니다. 스탠거슨은 영악하고 빈틈이 없는 녀석입니다. 하지만 방 안에 처박혀 있기만 하면 안전할 것이라고 생각했다면, 그건 녀석이 큰 착각을 한 겁니다. 나는 곧 어느 것이 녀석의 객실 창문인지를 알아냈고, 호텔 뒤편에 있던 사다리를 이용하여 날이 밝아올 무렵 녀석의 방으로 들어갔습니다. 녀석을 깨워서, 예전에 사람을 죽인 죄로 죽게 되는 것이라고 가르쳐줬습니다. 그리고 드레버의 최후를 들려준 뒤, 역시 알약을 하나 고르라고 했습니다.

그런데 녀석은 살아남을 수 있게 될지도 모를 기회를 잡으려 들지 않았습니다. 침대에서 벌떡 일어나더니 내

목을 조르려고 달려들었습니다. 나는 내 몸을 지키기 위해 녀석의 심장에 칼을 꽂았습니다. 하지만 하느님 역시 죄인인 스탠거슨이 독이 든 알약을 먹게 했을 테니, 어차피 결과는 같았을 것입니다.

그 후, 탈 없이 미국으로 돌아가기 위해서 하루 이틀 정도 마차를 몰면서 사태를 지켜봤습니다. 마차를 대기시켜두는 곳에 마차를 세워두고 있는데, 한 지저분하게 생긴 아이가 와서 "제퍼슨 호프라는 마부 있나요? 베이커가 221B번지에 사는 신사 분이 부르시는데요."라고 말하더군요. 나는 별생각 없이 거기로 갔다가 순식간에 저기 있는 저 젊은 분에 의해 수갑을 차게 됐습니다. 정말 기막힌 솜씨였습니다. 이것으로 내 얘기는 끝입니다. 나를 살인자라고 생각할지 모르겠지만, 나는 나 자신을 여러분과 같이 정의를 행하는 경관이라고 생각합니다.

*

제퍼슨 호프의 이야기는 듣는 사람의 몸을 떨게 만들

었다. 그리고 이야기하는 모습도 매우 인상적이었기 때문에 우리는 아무런 말도 하지 않고 가만히 이야기 속으로 빠져들었다. 범죄에 관한 이야기를 수도 없이 들어온 형사들조차도 흥미를 가지고 가만히 이야기를 들었는데, 이야기가 끝난 뒤에도 한동안 아무런 말도 하지 못했다. 레스트레이드가 속기로 받아 적는 연필 소리만 들려오다가 그 소리도 멈췄다.

"한 가지 더 듣고 싶은 게 있는데, 내가 낸 광고를 보고 반지를 찾으러 왔던 노파는 누구였죠?"

홈즈가 물었다.

제퍼슨은 장난스러운 표정으로 홈즈에게 윙크를 해 보인 뒤 말했다.

"나에 관한 비밀이라면 말씀드릴 수 있지만, 다른 사람에게는 피해를 주고 싶지 않습니다. 그 신문 광고를 본 순간 덫이 아닐까 고민했습니다. 그래서 친구가 나서서 확인을 하러 가주었던 겁니다. 그 사내의 변장 솜씨가 제법이지요?"

"정말 대단했습니다."

홈즈가 진심으로 칭찬했다.

"그럼 여러분."

경감이 심각한 목소리로 말했다.

"법률은 지켜져야만 합니다. 그때 여러분도 출두해주셔야 할 겁니다. 그때까지는 제가 용의자의 신변을 확보하고 있겠습니다."

그렉슨이 벨을 울리자 간수 두 명이 와서 제퍼슨을 데리고 나갔다. 잠시 후 경찰서를 나온 홈즈와 나는 마차를 타고 베이커가로 돌아왔다.

결말

우리는 목요일에 있을 판사의 심문에 참석하라는 통보를 받았다. 하지만 그날 우리는 증언을 하러 가지 않아도 되었다. 보다 높은 심판관의 심판을 받기 위해 제퍼슨 호프가 그 재판장으로 불려갔기 때문이다. 체포된 그날 밤 제퍼슨의 동맥류가 파열되었고, 그는 다음 날 아침 독방에 쓰러진 채로 발견되었다. 그는 마치 죽기 직전에 자기가 무사히 마친 일을 회상하며 만족한 듯이 얼굴에 편안한 미소를 짓고 있었다. 다음 날 둘이서 제퍼슨 호프의 죽음에 대해서 이야기하던 중에 홈즈가 이렇게 말했다.

"그렉슨과 레스트레이드는 그가 죽어서 매우 안타깝겠군. 공로를 선전할 기회가 사라져버렸으니 말일세."

"범인을 체포하는 데 그들은 아무런 공도 세우지 못하지 않았나?"

내가 말하자 그 친구가 씁쓸한 표정으로 대꾸했다.

"세상에서 얼마나 많은 일을 했는가는 문제가 되지 않네. 문제는 얼마나 일을 했는지 세상이 믿게 하는가 하느냐야. 뭐, 아무래도 상관없는 일이지만."

한동안 입을 다물고 있던 홈즈가 밝은 목소리로 말했다.

"나는 이 사건을 꼭 수사해보고 싶었다네. 지금까지의 사건에서도 최고의 사건이었으니까. 단순한 건이기는 했지만, 몇몇 훌륭한 교훈을 얻었어."

"단순한 사건이었다고?"

나는 나도 모르게 큰 소리를 지르고 말았다.

"그렇다네. 달리 표현할 길이 없는걸."

나의 놀란 표정에 홈즈는 미소를 지어 보였다.

"너무 단순한 사건이었기 때문에 뻔한 추리를 잠깐 하는 것만으로도 단 사흘 만에 범인을 직접 체포하지 않았나?"

"그도 그렇군."

"전에도 말한 적이 있지만, 사건의 의심쩍은 부분은 방해가 되는 것이 아니라 단서가 되는 법이네. 이런 종류의 수수께끼를 푸는 데에는 반대로 추리를 할 수 있는가가 열쇠가 되지. 이건 아주 요긴하면서 쉬운 방법이지. 그런데 다른 사람들은 이 방법을 잘 쓰지 않더군. 일상생활에서는 앞일을 추리하는 게 도움이 되는 경우가 더 많기 때문에 반대로 추리해가는 방법이 홀대를 받기 쉽다네. 종합적 추리를 할 줄 아는 사람과 분석적 추리를 할 줄 아는 사람의 비율은 50대 1 정도라네."

"무슨 말인지 잘 모르겠는데."

"이해할 수 있을 거라고 생각하지는 않네. 어떻게 말해야 알기 쉬울까? 대부분의 사람은 일련의 사건에 대한 이야기를 들으면 그 결과가 어떻게 될지를 알 수 있네. 그 일련의 사건들을 머릿속에서 종합하여 무슨 일이 일어날 것인지 추측하는 거지. 하지만 어떤 결과만을 듣고 지금까지 어떤 단계를 거쳐서 그렇게 됐는지를 논리적으로 설명할 수 있는 사람은 극히 드물다네. 반대로 추리하는 등 분석적 추리란 바로 그런 걸 말하는 거지."

"잘 알겠네."

"그런데 이번 사건은 결과만 알고 있었을 뿐, 그 외의 것들은 전부 스스로 메워가지 않으면 안 되었네. 그럼 내가 추리를 위해서 어떤 단계들을 거쳤는지 한번 설명해보도록 하겠네. 처음부터 얘기하자면, 나는 사건에 대한 어떤 사전 지식 없이 브릭스턴가의 빈집에 걸어서 접근했다네. 그래서 큰길에서부터 조사를 시작한 걸세. 전에도 얘기했지만, 거기에는 마차 바퀴 자국이 선명하게 찍혀 있었다네. 조사해본 결과 밤 사이에 생긴 것이란 사실을 알 수 있었고, 바퀴의 폭이 좁은 걸로 봐서 자가용 마차가 아닌 영업용 마차라는 사실도 알게 되었지. 런던의 영업용 마차는 보통 자가용 마차보다 폭이 훨씬 좁거든, 이것이 첫 단서가 되었다네.

그런 다음 정원의 좁은 길을 천천히 걸어갔지. 점토 성분이 강한 흙이라 발자국이 쉽게 남는다는 점도 알 수 있었다네. 자네 눈에는 발자국이 어지럽게 찍혀 있고 웅덩이가 여기저기 생긴 흙길로밖에 보이지 않았겠지만, 나의 숙련된 눈에는 발자국 하나하나가 의미 있는 것처럼 보였지. 탐정 세계에서 발자국을 조사하는 기술은 그다지 중요하게 여겨지지 않지만, 그건 어림도 없는 소리라네. 나는 평소부터 발자국을 중요하게 여기며 연구도 거듭했지. 그게 제2의 본능이 되었을 정도라네.

경관들의 발자국이 뚜렷이 남아 있었지만, 그보다 앞서 두 사내가 정원을 지나갔다는 사실을 읽어낼 수 있었네. 두 사람의 발자국이 경관들의 발자국에 여기저기 지워져 있는 것을 보고 바로 알아낼 수 있었지. 이렇게 해서 두 번째 단서를 찾아낼 수 있었다네. 밤에 그곳을 방문한 사람은 둘이며, 한 사람은 키가 매우 크고—보폭으로 계산했지—또 한 사람은 최근에 유행하는 부츠를 신고 있는 것으로 봐서 복장 역시 최근에 유행하는 걸 입었을 것이라는 사실을 알아냈다네.

이 추리는 집에 들어서자마자 입증되었다네. 고급 부츠를 신은 남자가 쓰러져 있었으니까. 이게 살인사건이라면 키가 큰 사내가 범인이 된다는 이야기였지. 시체에 상처는 없었지만 공포에 질린 표정을 짓고 있는 것으로 보아, 자신이 죽을 것이라는 사실을 알고 있었던 듯했네. 심장마비나 갑작스러운 자연사를 당한 경우에는 절대로 그런 표정을 짓지 않지. 죽은 자의 입 냄새를 맡아보니 희미하게 신 내가 나더군. 그렇다면 독을 억지로 먹었다는 얘기가 되지. 그건 죽은 자의 공포와 혐오감에 넘친 얼굴을 보면 추리할 수 있는 일이라네. 이 결론은 소거법이라는 방식에 의한 것일세. 다른 가설로는 사실을 입증할 수 없으니까.

듣도 보도 못한 일이라고 생각해서는 안 되네. 범죄 사상 독극물을 강제로 먹인 범행은 그리 드문 사건이 아니니 말일세. 독극물을 연구하는 사람이라면 오데사에서 일어난 돌스키 사건이나 몽펠리에서 일어난 르투리에 사건 등을 잘 알고 있을 걸세.

다음으로 가장 큰 문제는 살인 동기가 무엇이냐는 점이었다네. 강도는 아니었다네. 없어진 게 아무것도 없었으니 말일세. 그렇다면 정치적인 문제가 얽혀 있거나 여자 문제가 얽혀 있을 것이라는 생각이 들었지.

처음부터 여자 문제가 얽혀 있을 것이라고 생각했지. 정치 문제가 얽힌 경우라면 암살자는 범행 후 재빨리 현장에서 도망쳐버리거든. 그런데 이 사건의 경우는 범인이 아주 침착하게 범행을 저질렀다네. 방 안 가득 찍혀 있는 발자국들은 범인이 오랜 시간 동안 방 안에 있었다는 사실을 말해줬다네. 이것은 개인적인 원한에 의한 범행이지 정치적인 것은 아니므로 계획적인 복수라는 결론을 내렸지. 벽에 피로 적어놓은 글자를 보는 순간 나는 내 생각을 확신할 수 있었다네. 그 글자는 수사의 방향을 흐리기 위해 적어놓은 것이 틀림없었거든. 반지가 발견된 덕분에 범행 동기를 더욱 확실하게 알 수 있었다네. 범인이 그 반지를 피해자에게 보이면서 이미 죽었거나 행방불명된 여자를 상기시켰을 것이라는 사실을 확실하게 알 수 있었다네. 그랬기 때문에 그렉슨이 클리블랜드시에 보낸 전보의 내용을 물었던 것일세. 경력에 특이한 점은 없는지 물었느냐고 말이야. 자네도 알다시피 그렉슨은 묻지 않았다고 대답했네.

나는 범행이 일어났던 방을 면밀히 조사했지. 범인의 키에 대한 내 추리가 정확했다는 것을 확인했고, 그 외에도 트리치노폴리 잎담배를 피운다는 것과 손톱의 길이 등을 알 수 있었지. 방에 격투를 벌인 흔적이 없는 것으로 보아, 바닥에 흘린 피는 흥분한 범인의 코피일 것이라고 생각했지. 방 안을 조사해보니 범인의 발자국을 따라서 피가 떨어져 있었다네. 웬만큼 혈기 왕성한 사람이 아니면 그렇게 많은 피를 흘릴 리가 없지. 그걸 바탕으로 대담하게, 범인은 다혈질이고 얼굴이 붉은빛을 띤 사내라고 말했던 걸세. 결과는 내 추리가 정확했다는 사실을 입증해주었네.

범행이 일어났던 방을 나온 나는 그렉슨이 하지 않은 일을 했지. 클리블랜드시 경찰에 전보를 쳤다네. 이녹 드레버의 결혼에 관한 사항만은 꼭 알고 싶었기 때문이지. 그에 대한 답이 결정적이었다네. 드레버는 제퍼슨 호프라는 예전의 연적이 두려워 경찰서에 보호를 요청한 적이 있다는 것뿐만 아니라 제퍼슨 호프가 지금 유럽에 있을 것이라는 답을 받았어. 이로써 사건을 풀 열쇠를 손에 넣게 된 셈이었지. 이제 남은 일은 범인을 체포하는 일이었네. 드레버와 함께 그 집으로 들어간 사내가 영업용 마차를 모는 사람이라는 사실은 이미 간파하고 있었다네. 도로에 남아 있는 말발굽 자국과 마차의 바퀴 자국으로 보아 말이 제멋대로 그 근처를 어슬렁거렸다는 것을 알 수 있었는데, 만약 마부가 있었다면 말이 그런 식으로 움직였을 리가 없었을 거야. 그렇다면 마부는 어디로 간 걸까? 결국 집으로 들어갔다고 밖에는 달리 생각할 길이 없지. 그리고 좀 생각이 있는 사람이라면 언제 배신할지 모르는 제3자 앞에서 범행을 저지를 리가 없지. 그리고 마지막으로, 런던이라는 도시에서 누군가를 미행할 거라면 마부가 되는 게 가장 좋지. 이런 사실들을 종합해보니 움직일 수 없는 결론이 나왔다네. '제퍼슨 호프는 런던에서 영업용 마차를 몰고 있다.' 만약 마부라면 범행 후 그만둘 이유가 없어. 갑자기 그만두면 오히려 사람들의 눈길을 끌 뿐이니 한동안은 그 일을 계속하겠지. 그리고 가명을 쓰고 있을 거라고는 생각되지 않았어. 아무도 아는 사람이 없는 곳에서 이름을 바꿀 이유가 없으니까.

그래서 나는 부랑아 탐정단을 불러 모아 런던에 있는 영업 마차 사무소를 전부 조사하게 했고, 결국 그 사내를 찾아내게 된 거지. 그들은 멋지게 일을 처리했고, 나는 그

성과를 재빨리 활용한 걸세. 그건 자네도 잘 알고 있는 일일세. 스탠거슨이 살해된 건 예상 밖의 일이었지만, 어차피 피할 수 없는 일이었다네. 그리고 그가 살해되는 바람에 나는 예측하고 있던 그 알약을 손에 넣을 수 있었지. 어떤가? 이 전부가 빈틈없는 완벽한 논리의 고리로 연결되어 있지 않은가?"

"정말 대단하군! 자네의 공적을 세상에 널리 알려야 하네. 이 사건에 관한 전말을 꼭 지면에 발표하게나. 자네에게 그럴 마음이 없다면 내가 대신 나서서 해주겠네."

"자네 마음대로 하게나, 왓슨. 자, 이걸 한번 보게나. 여기 말일세."

홈즈가 신문을 건네주며 말했다. 그것은 그날의 〈에코〉지로, 홈즈가 가리킨 곳에는 이번 사건에 대한 기사가 실려 있었다.

이녹 J. 드레버 씨와 조셉 스탠거슨 씨 살해 사건의 용의자인 제퍼슨 호프의 급사로 인해 충격적인 화제가 사라져버리게 되었다. 이로써 사건의 상세한 내용은 영원히 밝혀지지 않을 것이다. 하지만 신뢰할 만한 정보에 의하면, 이 사건은 사랑과 모르몬교가 얽힌 뿌리 깊은 원한에 의한 살인이었다고 한다. 피해자는 모두 젊은 시절에 모르몬교 신자였으며, 급사한 용의자 호프도 솔트레이크시티 출신이었다.

어쨌든 이번 사건을 통해서 영국 경찰이 매우 뛰어나다는 사실을 알게 되었다. 그리고 외국인은 영국 내에서 원한에 의한 복수극을 일으키지 말아달라고 말하고 싶다. 사건의 범인을 신속하게 체포할 수 있었던 것은 오직 런던 경찰청의 민완 형사 레스트레이드 씨와 그렉슨 씨의 공적에 의한 것이라는 사실은 공공연한 비밀이다.

용의자는 셜록 홈즈라고 하는 사람의 방에서 체포되었다고 하는데, 홈즈 씨는 아마추어 탐정으로 사건 수사에 얼마간 도움을 준 듯하니, 두 형사에게 지도를 받는다면 앞으로 뛰어난 수사법을 익힐 수 있게 될 것이다. 한편 두 형사는 이번 사건에서 세운 공적으로 조만간에 표창을 받게 될 것이라고 한다.

"어떤가? 내가 말한 그대로지? 이게 바로 '진홍빛 연구'의 성과라네. 그들에게 표창만 안겨주고 끝나버린 셈이지."

"너무 상심하지 말게나. 일기에 모든 사실을 기록해두었으니 조만간 세상 사람들도 사건의 전말에 대해 알게 될 걸세. 그때까진 자네도 저 로마의 구두쇠처럼 성취감을 느끼는 정도에서 만족해야겠군. 그 구두쇠가 이렇게 말했다네. '사람들은 나를 비웃지만, 집에 숨겨둔 상자의 금을 바라보는 내 마음은 뿌듯하구나!'라고."

작가 연보

1859년 스코틀랜드 에든버러시의 피카디 플레이스에서 왕립 건설원 관리인이던 아버지 찰스와 어머니 메어리 사이에서 넷째로 태어남.

1871년 스토니 허스트에 있는 예수회 칼리지 예비교 호더 학원에서 3년간 수학 후 그해에 칼리지에 입학.

1875년 가을에 스토니허스트 학교 교장의 권유로 오스트리아의 페르트키르히 학교로 유학.

1876년 뛰어난 성적으로 페르트키르히를 졸업한 후 에든버러 대학 의과에 입학. 가계를 돕기 위해 의사의 조수로 일함. 은사였던 조셉 벨 교수는 독특한 유머와 날카로운 관찰력을 지닌 사람으로, 후에 홈즈의 모델이 된다.

1881년 대학을 졸업함. 의사 자격을 획득한 뒤 아프리카 서해안을 항해하는 화물선의 선의(船醫)로 승선함.

1882년 포츠머스시 교외에 위치한 사우스시에서 병원을 개업.

1885년 의학 박사 학위를 획득. 8월 6일에 루이즈 호키스와 결혼.

1886년 전부터 동경해오던 포와 가보리오의 영향으로 탐정 소설을 쓰기로 결심함. 홈즈 시리즈 최초의 작품 〈진홍빛 연구〉를 완성하지만, 출판사에서 출판을 원하지 않아 이듬해에 발표됨.

1889년 역사소설인 『마이커 클라크』가 출간되어 인기를 얻음.

1891년 런던에서 안과 전문의로 개업했지만 뜻대로 되지 않자, 의사생활을 정리하고 전업 작가가 되기로 함. 〈스트랜드〉지에 홈즈 시리즈의 단편들을 차례로 발표함.

1892년 〈스트랜드〉지에 발표되었던 열두 개의 단편들을 모아 『셜록 홈즈의 모험』이라는 단편집을 출간.

1893년 〈스트랜드〉지 12월호에 발표되었던 〈마지막 사건〉을 끝으로 홈즈 시리즈를 끝냄.

1894년 두 번째 단편집인 『셜록 홈즈의 추억』을 출간.

1899년 보어 전쟁이 일어나자 군의관으로 남아프리카 전선에서 종군함.

1900년 애국적인 작품 『대보어 전쟁』을 출간.

1902년 독자들의 요청으로 다시 홈즈 시리즈를 집필.

1905년 세 번째 단편집 『셜록 홈즈의 귀환』을 출간.

1906년 아내 루이즈가 사망함.

1907년 제인 레키와 재혼. 서식스주로 이주함.

1912년 SF 소설 『잃어버린 세계』를 출간.

1917년 〈스트랜드〉지에 단문 〈셜록 홈즈 씨의 성격에 대한 소고〉를 발표. 네 번째 단편집인 『셜록 홈즈의 마지막 인사』를 출간.

1927년 다섯 번째 단편집 『셜록 홈즈의 사건집』을 출간.

1930년 7월 7일. 윈돌 섬의 자택에서 사망.